# 知らぬが佛と知ってる佛

丹澤章八

TANZAWA SHOUHACHI

幻冬舎MC

知らぬが佛と知ってる佛

# ご挨拶

個々人はそれぞれ固有な人生物語を持ち、その物語（ナラティヴ）と共に生きています。疾病体験はその物語の中で、際立った「章」に相当します。

「章」の中身を傾聴し、対話し、共感を携えて寄り添う（ナラティヴ・ベイスド・メディシン――物語に基づく医療）。そこにＡＩでは代替えできない医療の原点が在ると思っています。

本書は、良寛の言葉を反芻しながらの私的闘病記（大腸癌と突発性難聴）ですが、医療の原点に対する認識を深めていただくことに、いささかでも参考になれば、望外の喜びです。

余談で誠に恐縮ですが、九十四歳、新人エッセイストとしてデビュー、間もなく擱筆。まさにギネスものかなと、勝手に自認しております……。

終わりに、関係医療従事者の方々、そして愛妻・子供・孫・知己の皆さんの衆縁の支えにより生かされていることに、加えて本書編集にご尽力を賜った玉城様・田口様に、本書紙面を借りて、深甚なる謝意を捧げます。

P.126 参照

災難に逢う時節には災難に逢うがよく候
死ぬ時節には死ぬがよく候
これはこれ災難をのがるる妙法にて候

―良寛―

目次

# 知らぬが佛　と　知ってる佛

## 二度目の癌闘病記

君は思わず我が目を疑った。

瞬間「ウォーッ」と小さくうなった。

場所さえ許せば「ヒェーェー」と大声で叫んだかもしれない。驚きの叫びである。

大腸内視鏡の尖端が横行《おうこう》結腸から上行《じょうこう》結腸にさしかかってすぐ、目の前の大型ディスプレイに、あまりにも大きな醜い肉の塊、つまり巨大腫瘍がでかでかと映し出されたからだ。

肉塊のでこぼこした表面には、いく筋かの細い滝のような血の流れが見えて、奥からじわじわ出血している様子がまともに窺えた。

君はひそかに悪性腫瘍の存在を予感していたとはいえ、こんな巨大な腫瘍が体内にあるとは思いもよらず、この大きさはすでに手遅れの柵を一つや二つは越えている。

とっさに

「イャー参った、まいったー」

頭の片隅から湧き出た、語尾のアクセントが高みに引っ張られるこの言葉が、みるみるうちに頭全体に広がり、すべての思考を追い出して君の頭の中を乱雑に駆け巡り始めた。

その言葉に、「なんで、自分だけが何度も癌に襲われるのだろうか。知る範囲では家系に癌で亡くなった人もいなければ、患った人もいない。我が家は癌家系ではないと思っていたのだが。膀胱癌を加えればこれで三つの癌を居候として抱えこんだことになる。なんで……なんで自分だけが……なんの因果で……」

と、愚痴の繰り言が執拗に後を追いかける。

そんな言葉のシーソーを打ち消すように、君の心のうちに住む二人の佛《ほとけ》の合唱とも思われる
『諸悪業の償いだよ、諦めなさい』

と、諦念を呼び覚ますような、低音で響く声が入り混じり、激しく渦を巻いた。

君の背後で内視鏡を操作している検査医は、内視鏡を先へ進め、肉塊の裏側を覗こうと

して、盛んに内視鏡を引いたり押し込んだりを繰り返しているようなのだが、内視鏡はそれ以上奥へは進まない。つまり肉塊が通せん坊のように立ちはだかっているのだ。

　それほど大きい肉塊。

　左側臥位《ひだりそくがい》で膝を抱え込んだ姿勢をとらされていた君に、「多少上向きに姿勢を変えてください」

という検査医からの指示があり、体を右へひねると、視野が右側に開け、そのどんつきの右端に、ゴム手袋をはめながら、「どら貸してみろ、俺がやってみる」という人物の仕草が映った。検査医の上司であろうか。

　しかし選手交代の結果は同じであった。

　通せん坊は頑として道を譲らない。諦めたのであろう、その人物はゴム手袋を脱いで腕組みをし、大型ディスプレイを見ながら小首を傾けた。

　またひとり別の人物が現れ、同様に、ディスプレイを見ながら腕組みをして小首をかしげ、二人で話し込む姿が、君の視界にあった。

　両耳の補聴器を外している君には、残念ながら二人の会話の内容は届かない。

君は尋常小学校・中学校を通して水泳の選手であった。平泳ぎの競泳ではいつも一位だった。が、その時代に患った中耳炎が慢性化し、六十数年前のこと、当時君が勤務していた病院で左中耳の廓清術《かくせいじゅつ》を受けたのだが結果は不完全。その後、永年かけてじわじわと炎症が進み、内耳に及びつつあったのであろう。

七年前のある日のこと、表参道駅の地下通路で、突然震度七ぐらいに相当すると思われるような強烈な回転性のめまいに襲われた。

見通す地下通路が大きく左右に揺れ、天井がさかさまに映った。辛うじて駅中のとある店先のドアにしがみついて転倒は免れたが、店のおばちゃんが大声で

「大丈夫ですかー」

と、かけてくれた声は耳の底に残っている。

いま内視鏡検査のベッドに横たわっている同じ病院（A病院）の耳鼻科で、七年前に中耳の再廓清術を受けて炎症は完全に終息したが、重度の伝音性難聴が残った。その後、気の毒にも運悪く、健常であった右の耳が突発性難聴に二度も襲われ、重度の感音性難聴が残り、今は聴覚障害六級の障害者手帳の保持者となっている。

補聴器を外した君は、ほとんど無音世界の住人だ。

結局、検査医は、肉塊の傍らにマーカーを残し、内視鏡検査を終わらせた。

身支度を整えロッカー室を出た君は、看護師からすぐにレントゲン室に行くように告げられた。

君の心の中に住みついている【知らぬが佛】が、

『ここでやっと役目は終わった』

と呟いた途端、それまで小さくうずくまっていた【知ってる佛】が忽然と大きな姿に変容し、

『これからは、このわしに任せなさい』

と声を高めながら、急げとばかりにレントゲン室に向かう君を駆り立てた。

君の心のうちには【知らぬが拂】と【知ってる佛】が住んでいる。他の人は信じないだろうが君は信じている。信ずる理由があるからだ。

それは【知らぬが佛】は日常を保証し、【知ってる佛】はレッドフラッグを振って非日常を知らせてくれる、いわば二人の佛は、君の直観を支えるバックボーンのような存在であるのだ。

日常を保証してくれる【知らぬが佛】の活躍には尽きせぬ思い出がある。

その思い出は二〇〇六年、君が七十七歳、妻の美瑛子が七十四歳、東欧を旅した思い出の中にある。


旅はクロアチアのドブロブニクの観光から始まった。

〝アドリア海の真珠〟と謳われるその出島は、古い建築様式の館が建ち並ぶ中央を貫いて、大理石で敷き詰められた幅広の道路がある。何世紀もの人々の行きかいで中央部が凹の地に削られて白く光るその道路と、高く築かれた石垣に通ずる急峻な階段状の細道とを行き来しながら、存分に中世にタイムスリップした雰囲気を味わった。

次に訪れたドレスデンでは、第二次世界大戦で廃墟と化した旧市街の見事な復興ぶりと、城郭と教会が建ち並ぶ世界遺産の景観に目を見張った。そしてその次の目的地、憧れのチェコの首都プラハに着いて二日目、忘れもしない八月十六日のハプニングである。


市内散策の途中、市の中心の一つである旧市街広場（ヤン・フス広場）に通ずる小路で、突如、君は強烈な便意に襲われ、思わずズボンの上から肛門を押さえトラムに飛び乗り、堪えて耐えて耐えぬいてホテルに着くなりトイレに飛び込んだ。思いっきり排便した。大量の下痢便であった。

こわごわ便器を覗くと、そこには、見覚えのある某国の国旗を連想するような景色があった。

こげ茶の下地の中心に、まぁーるい真紅の太陽がくっきりうかんでいる景色である。下血に間違いない、結構大量だ、と判断した瞬間、君の心がチックと痛んだ。

原因はなんだろう、としばらく考え込んだが、医者であるにもかかわらず旅中にいる君は、そうそう、多分持病の痔からの出血だと、その場はあきれるほどあっさりと、安易に決め込んだ。が、

『いやそれは違うよ。それは、腸からの……』

と、【知ってる佛】が言いかけるのを、後ろから羽交い絞めにして両手で口をふさぎ、追言を許さないとばかりにその口に猿轡《さるぐつわ》をはめ込むという、【知らぬが佛】の【知ってる佛】に加えた荒々しい行為が、先刻、心がチクリと感じた原因であったことを君は後で知った。

そして君夫婦が無事帰国してから旅の疲れが癒えるまでの期間、その猿轡は【知ってる

佛】の口にはめ込まれたままであったことも後で知った。

しかし【知らぬが佛】のとっさの営為があったればこそ、その日の夕食は、モルダウ川に架かる最も有名なカレル橋の袂《たもと》にある高級レストランでチェコ料理をふんだんに味わい、その足で対岸の古い教会に立ち寄り、たまたまその日のイベントのトランペットのソロ演奏でスメタナの旋律に酔いしれた。

次の目的地であるザルツブルグでは、ホーエンザルツブルグ城の最上階のホールで〝アイネ・クライネ・ナハトムジーク〟を、モーツアルトの生誕地で聞く幸せを味わいつつ、ついでに訪れた郊外のザルツカンマーグートでは、〝サウンド・オブ・ミュージック〟のロケ地を訪ねながら、美しいアルプスの大自然に触れた。

最終目的地のミュンヘンでは、名物の白ソーセージとザワークラウトとプレッツェルをたらふく食べ、暁の虹に乗って無事帰国することができたのも、いつにかかって【知らぬが佛】の機転が利いた行動のおかげだったと、生涯忘れえぬ旅の思い出の中で、満腔の謝意を捧げたものである。

もし、【知ってる佛】が便器をのぞき込んでいる君に、

『お前様、これは明らかに腸管からの出血だよ』

とささやかれていれば、君は慌てて旅を打ち切り、早々に帰国して、旅の思い出は暗幕に被われ、懐深く仕舞い込まれたに違いない。

君が帰国してから二週間ぐらいたった頃だったろうか。

いきんでもいきんでも、どう踏ん張っても便が出なくなった。

猿轡を解かれた【知ってる佛】に急かされて近医で内視鏡検査を受けたところ、肛門から約十五センチ入った処に、今回と同じく通せん坊をしている癌腫が見つかり、早々に紹介されて摘出手術を受けたのは、そう、十四年前、やはりこのA病院であった。

その時の手術に先立つ家族同席の病状説明の席で、主治医の部長が君の年齢を改めて聞いたあと、ぼそぼそと小声で、

「もういいか」

と、ひそかにつぶやいた——君はあくまで独語と解釈しているが——同席した妻の美瑛子も長男の日出夫の耳にも届いていたことを後で知った。その時君は、その独語に反発するでもなく、なんとなく「ああそうかもしれないなー」と同調する傍らで、言葉は両刃の

剣だなーとつくづく思った。

「大きく息を吸って、ゆっくり吐いて、そこで止めてください」「はい、ご苦労様、これで終わりました」

立位と背臥位で腹部のX線撮影が終わる数分間のうちに、二〇〇六年の旅の追憶と、一度目の癌罹患の始終が君の頭を駆け抜けていった。


「さてこれからどうしたもんだろう」

と、君は【知ってる佛】に問いかけるが、返事は返ってこない。

とりあえず病室に戻ろうとエレベーターを待つうちに、君の頭は、先刻見た巨大な癌腫の画像を見てつぶやいた「参った」の語尾が、先刻とは反対に消え失せるように下がることを意識しながら、すでに手遅れかもしれない病態に関して、当然持つべき悲壮感とは裏腹に、【二人の佛】に諦念を呼び覚まされたのであろうか、君の思考の枠はかえってスッカラカーンの空っぽの状態になっていた。

多分向後の成り行きはすべて【知ってる佛】に身を任せてしまったからであろう。

病棟階に向かうエレベーターの籠には君の他に一人の同乗者がいた。下部消化器外科に所属する若きドクター、後藤医師だ。目的階は同じだった。

譲り合って籠を降り、そのまま先だって病室に向かう君に、足並みを揃え平列状態になったのを見計らって、後藤医師は君に、

「失礼ですが、真坂さんですね」と声をかけた。

「エー　はい、真坂ですが」

「ちょっとお話があるのですが、病室でお話しさせてもらってもいいですか」

君は、相手はドクターであると直観的にとらえ、

「どうぞ、どうぞ」

と、招じ入れ、君はベッドの裾へ、後藤医師は個室備え付けのソファーに遠慮っぽく座って向き合った。

「初めまして、下部消化器外科の後藤です」

と、型通り名刺を示して自己紹介をした後藤医師につられて、君も、

「初めまして、真坂です。よろしくお願いします」

と、自分は現役を退いた老骨のリハビリテーション科医であることを付け加えて自己紹介し、

『このイケメン先生の言うことをよく聞くんだよ』

と、今しがたまで寡黙であった【知ってる佛】のささやきに頷きながら、後藤医師の次の言葉を待った。

後藤医師は、すでに君の病状の視覚的な情報はすべて手中にしてあった。消化器内科から連絡を受けて大腸内視鏡の部屋に立ち会ってもいた。君の右の視野の片隅に第二の人物として現れたのは、ほかならぬ後藤医師である。

あの後、後藤医師は、ディスプレイに映った腫瘍を見て直ちに腹部X線撮影のオーダーを出し、その画像を別室で見終わってすぐ、X線室から病室に向かう君を追いかけた。

「そう、確か真坂さんはドクターでいらっしゃいましたね」

後藤医師は、君が入院時に提出した詳細な既往歴をすでに見ていて、君の職歴は既知のものだった。

「では、率直に申し上げますが、相当進行した結腸癌、上行結腸上部の結腸癌です。X線

写真で見ますと、それより中枢側の回腸はだいぶ膨らんでいましてね。腫瘍近辺は重積状態（腸壁が蛇腹のように折れ重なって腸管腔が狭くなった状態）で、イレウス（腸閉塞）寸前の通過障害がある模様です」

後藤医師は手持ちの用紙に簡単に病態を図示しながら説明し、君の反応を待った。

「やっぱりそうでしたか……」

君は、それで納得しました、という言葉は飲み込んだ。

そういえば、君は歳明け早々に、食後に臍《へそ》の上あたりにグルグルという痛みを感じ始めていた。

この痛みは通過障害による蠕動痛《ぜんどうつう》ではなかろうかとひそかに思い、かかりつけの近医の診察を受けたが問題意識にとりあげられず、六年前の大腸内視鏡所見も異常なしという言葉を添えて、整腸剤が処方された。が、改善どころか多少増悪傾向が見られたので服薬を中止した経緯がある。

やっぱり痛みの原因は通過障害のせいだったんだ。納得は自己診断が当たっていたことである。

病態を聞き終わった途端、後藤医師には気が付かれなかったが、君は鳥肌を感じ、ブルブルッと身震いが起きた。

入院前前夜、夕食に何か食べたいものがあるかと聞かれて、「じゃあー　しゃぶしゃぶにでもしてもらおうか」と、赤身とはいえ松坂牛の肉厚のものを七・八枚も平らげたか。【知ってる佛】の計らいとはいえ、よくもまー狭くなった腸管をつっかえもせずに通してくれたものよと、考えるだにゾオーッと、身の毛がよだったのである。

「イャー、多少の予測はしていたのですが、あんなに大きなものとは思いませんでした」という君の、腫瘍の巨大さには驚きながらも、二度目とはいえ、さすがにドクターだけあって、すでに担癌を既成の事実と受け止めているものと、後藤医師は判断し、「で……どうでしょうか、このまま入院を続けていただいて、手術に進められてはいかがですか。来週後半には手術が組めると思うんですが……」と、頭の中で所属するグループの来週の日程の段取りを確かめたうえ、君に提案した。

後藤医師には、君の見るからに七十歳代としか思えぬ壮健ぶりに、「もういいか」などという感慨は挟む余地もない、通常の提案であった。

否も応もあるまい。迷う余地は全くない。

「はい、おっしゃる通りの、ご提案に従います」

どうかよろしくと答える君の、禿げてほとんどなくなってはいるがそれでもわずかに残る前髪を、【知ってる佛】は両手で掴むと、思いっきり下に引っ張って深いお辞儀をさせた。

「では、そのように段取りを組みましょう。頑張りましょう」

お任せください。と元気付けの笑顔を残して後藤医師は病室を後にした。

続けて、現在の診療担当科の岡田医師が来室し、腫瘍の想像以上の大きさには驚いたことに同情を示しながら、現に通過障害が起きているから、今夜からは流動食になることを告げられた。

君にとって流動食は初めての献立である。椀に盛られた食事はすべて液体。味気ない数分間の夕食であった。

でも、デザートに小さなちいさなアイスクリームがチョコンと添えてあり、思わず君の頬が小さく緩んだ。

君は、今日の次第をとりあえずラインで妻の美瑛子に知らせた。ビックリしたという返信があったが、家族にすれば危急の事態であり、内々君は悪性腫瘍の存在を疑っていることを美瑛子には言い聞かせてはいたものの、その疑いが現実と知らされては、心穏やかではいられまい。

君はその驚きの肉声を、今は聞きたくなかった。明日か明後日、面会に来た折にゆっくり対面して話せばよいと思った。

とりあえずシャワーを浴びた。浴びながら、大腸内視鏡検査で、眼前のディスプレイに映し出されたあの腫塊の大きさでは、すでにステージⅣに達しているかもしれない、[覚悟]せよ、と何度となく自分に言い聞かせていた。

夜勤の看護師から、明日からは絶食、静脈管栄養に切り替わることと、下部消化器外科病棟の病室に移ることが告げられた。

毎夜に倣って十時半に床に就き、懺悔文と禅宗の陀羅尼を唱えているうち、見慣れない環境に寝付かれないのか、【知ってる佛】と【知らぬが佛】がぺちゃくちゃとおしゃべりを始めた。

君は聞き耳を立てた。

『そもそも主は、ＡＣＰ（患者本人と家族が、医師や介護提供者などと一緒に、現在の病気だけでなく、終末期を含めた今後の医療や介護について話し合うこと）は去年やるはずだったんじゃないのかね』

と、【知ってる佛】

『うん、わしもそう聞いていたんだが、去年は主は卆寿を迎え、主催する鍼灸師の卒後研修塾のセミナーに併せて盛大な祝賀会があっただろう。祝いのお礼にとうなった常磐津節をお前様も聞いただろうが……』

と、【知らぬが佛】

『聞いたきいた。瀧川鯉昇の枕をもじった前話も良かったし、三味線かたとわきかたに、当世名門の常磐津の師匠連に囲まれての、主の［うつぼ］の語りはまさに圧巻だったよ』

『そう、それに学術顧問となっている会社の、春期・秋期の幹部研修会を主催したり、何かと忙しい年だったもんで、ACPは来年に回したら、と言ったんだよ。それでも気になっていたんだろうね。年明け早々、小山先生（君が最も信頼を置いている教え子の医師）の都合に合わせて三月十五日に家族を集めてACPを開いたというわけさ』

『そうか、それでACPの前に体を洗っておこうと思ってA病院付属の人間ドックへ行ったというわけか。あれはいつだったか覚えているかい』

『忘れるわけはないさ。そろそろわしの出番も終わろうと思っていた時だから。二月十七日よ。そもそも主が体調が思わしくないと気づき始めたのは去年の暮れあたりだったかな。

二月一日には、長男日出夫さん主催の主の誕生祝いで新橋の中華料理店に行ったときは、途中で息継ぎのため何度も立ち止まって休んでいたし、その時も、そして二十二日の銀座のレストランで開いた美瑛子さんの米寿祝いの宴でも、食思減退に加え、味を感じないと言ってコースの半分は孫の翔太君に手伝ってもらうほどだった。

十一日には十三年通い続けている茶事［夜咄し］の席に向かう道々、十三日は美瑛子さんの誕生日プレゼントに、駅の向こう側の花屋にバラの花束と、駅中のワイン専門店でハーフボトルのシャンペンを買いに出た時、十四日は顧問会社の主任研修会のリハーサル、十五日には障害者施設での診療（三十余年に亘り、君は当該施設入居者やデイサービス利用者に対し、リハビリテーションアドバイスや装具・車いすの処方を行っている）でも、いつもとは違って、妙に動悸と息切れを感じていたらしい。フーフーいう声が聞こえたほどだ。一日置いた次の日、十七日はお前様と役割交代をした日だから、そりゃーはっきり覚えているよ』

『うん、そうそう。ドックで胃カメラ検査に進む前にドクター面接があって、貧血、二便目の潜血反応陽性、心雑音があることを指摘されたあの時だった。お前様と席が入れ替わったのは。

それにしても、毎年の長寿検診で潜血反応は陰性だったし、ＣＥＡ（消化器の腫瘍マーカー）もずーっと陰性だったのに。科学的指標なんて当てにならないものだわい。その結果と高齢とが理由で、二十五日に予約していた日帰りの大腸内視鏡検査はキャンセルさせられ、その代わりに入院の上精査をするように本院の外来受付予約を取ってくれた。親切なドクターだと主と頷き合ったものだ。

指定された二十日に本院の消化器外来を訪れたのだが、目下検査予約は満杯で、貴方の検査は五月の連休明けになると告げられた。主も、わしも二か月半も待たされると聞いて驚いた。

思わず〝粘れねばれ〟と主を突っついた。

「もう少し早くならないものですか」

という主に、同業者と知った担当医はいったん主に部屋の外で待つように伝え、その間にやりくりをしてくれたのであろう、三月十七日から二泊三日の入院検査の予約を組み入れてくれた。やれやれ、それでもほぼ一か月待ちか。でもまー早めてくれただけ感謝しなくっちゃーと、主を慰めたものだ。そして今日十八日、病態が明らかになったというわけだ。

さて、【知らぬが佛】さん、そろそろお前様は休みなさい。これからはわしが仕切る』

『お言葉に甘えて休ませてもらうよ。

あとはどうかよろしく』

君は【二人の佛】のおしゃべりを聞きながら、診療担当科の素早いバトンタッチに感謝するとともに、検査入院が、そのまま入院治療につながった幸運と、人間ドックをA病院の付属施設を選んだ選択肢が正しかった結果の幸運とを、しみじみと噛みしめていた。
その夜、夢路の中で君は、【二人の佛】の頭上に、幸運の飛天が舞うのを見たような気がした。

二〇二〇年三月十九日
朝方四時をまわれば、病室の窓の薄いカーテンを通す明かりは夜明けを告げる。日常的な感覚ではいられない者にとっては目覚めは早い。
君は六時には洗面を終え、平常の朝の行事を行った。
行事とは、書斎の父の遺品である本棚の上に安置してある佛壇と神棚（一度目の手術後、動けばすぐ便意を催す後遺症に悩まされながら座ったままで、日曜大工センターで購入した板切れで作成した自前のもの）に向かい、まずは三帰礼文を唱え、真言の陀羅尼に続いて両親の戒名を二唱し、次に南無阿弥陀佛を唱えて美瑛子の両親の戒名を二唱したあと、家族一人一人の名を呼んで加護を願い、続けて自らを勇気づける言葉を心に呼びかけ、最後に般若心経と禅宗の陀羅尼を唱え、神棚へ二礼二拍手一拝して終える、いわば勤行に似た日常事だ。

君は病室で、眼裏に佛壇と神棚を描きつつ日常事を済ませたあと、窓外に目を移すと、面前に林立する高層ビルが次々に、朝光を受けて浮きたつ景色に誘われるように、君の頭の中は様々な想いが駆け抜けていった。

想いとは、現在の環境と関係がある何かの事象がきっかけとなって、それに関連した過去の事象が、電光の速さで現れそして去っていく。時系列とは全く関係はない。つまり過去は現在の事象と重層して数秒で湧き・去る想念である。

君はこの心的現象を［一念三千］に譬《たと》えている。今回二度目の癌との闘病中、君は追憶を軸としたこの譬えを、平常とは比べられないほど、幾たびかなぞることになる。

病院で二夜明けて君は真っ先に、昨日までの状況を電話で美瑛子に告げ、小山先生と心友の宮田さんに入院の次第を知らせる依頼も併せた。

受けた美瑛子は意外と冷静であった。前日ラインでの連絡から一夜を経て、心の整理はついていた。一度目の直腸がんは見事に克服した。二度目も克服してくれるであろう。日常の夫の心身の活動ぶりから考えても、まだまだ克服力はあるはず、と自身にも言い聞かせていた。

それでも一度目は七十七歳時、今回は九十歳を一歳超えた老体である。一抹の不安はあった。その不安の払拭に、心の中で静かに両三度十字を切り、夫の安泰を真摯に願った。

後藤医師は、君の手術を来週の木曜日二十六日に登録をした後、十四年前の直腸がんの手術記録に目を通した。

気になったのは、一回目の手術で下腸間膜動脈（下行結腸・S字状結腸・直腸の栄養をつかさどる動脈）を根部で切り離していることだ。とすると、今回腫瘍が存在する右半の結腸切除によって上腸間膜動脈（盲腸・上行結腸・横行結腸の栄養をつかさどる動脈）のfeeder（支流）を残せるかどうかが鍵となりそうだ。もしfeeder残存が保証できない場合には、結腸を残せても機能はしなくなる。その場合は大腸全摘・人工肛門造設になるという見通しを立てた。

インフォームドコンセントにのっとって、この見通しを説明するため君の病室に赴いた。

後藤医師から説明を受けた君は、手術の見通しには了解しつつも、大腸全摘は想定外の事態であっただけに、正直なところ、そうはなりたくないなーと顔を曇らせ、少時息を詰まらせた。

要するに早い話が、腫瘍が存在する部分の結腸を切り取って済むものか、さもなくば大腸全部を切り取るかである。手遅れを過ぎていると自覚している君にとっては、後藤医師の説明にはなかったが、最悪の状態、つまり腹を開けてみたら手が付けられないという状態もありうるのではないかと憂いたからである。

『後藤先生はそんな状態は考えていないよ。大腸がなくなりお腹が空っぽになっても、命は保証されているんだから、そう心配しなさんな』

【知ってる佛】は声高に呼びかけ、君に憂いで息詰まった息を思いきり吐き出させた。

この日から、術前検査のためのいろいろな検査ブースを巡る院内トラベルが始まった。旧館時代のA病院とは打って変わり、新築の院内は明るく広く、各検査ブースのスペースもたっぷりとってあって、スタッフも以前より多く、対応も親切。君は、最先端の医療施設と医療スタッフに身を託すという認識が深まるにつれ、病態に対する不安感情を払拭する環境に至極満足を覚えた。

まずは食止めの対策として、中心静脈栄養の処置を受ける。

鎖骨下静脈から上大静脈（中心静脈）に栄養液を送るカテーテルを挿入するのだが、生理検査室で、X線透視下のもと、術者は手術着を着、消毒ものものしく、針刺入部位は局所麻酔が施されるなど、さながら小手術そのものである。

十四年前はどうだったかというと、病室で、カテーテルを誘導する太い針を手探りで頸静脈に、エイヤーとばかりに一気に刺入する、一発勝負に似たやりかたであった。君はそれを体験している。その体験から比べれば隔世の感を受けた。

腹部造影CT、心エコー、負荷心電図検査と巡る。検査を受ける度ごとに、生年月日と氏名の呼称を求められる。点滴の交換時も採血時も、そして配膳の都度もである。

過去に患者を取り違えて手術した例や、検体の氏名を確認しないまま正常者に癌の告知をしてしまったなどの医療ミスを防止・回避するため、一治療行為（検査行為を含めて）ごとに同意書にサインを求められることはもちろんのことだが、退院したら早々に介護保険を申請するようにという看護師の説明にも、説明を受けたというサインを求められたのには、ちょっと念が入りすぎているのではないかと思うこともあった。

君にとって心エコーと負荷心電図は初めての体験であった。

心エコーでは、痩せて肉の覆いが薄くなった肋骨にプローブが滑るたびに「痛て！」と叫びたかったが体面上黙した。負荷心電図では顔なじみになった検査技師に励まされて、マスター階段負荷検査の階段昇降の八十％はクリアーしたが、思いのほかしんどかった。終わって、このところ多発している期外収縮がにわかに頻発し、不整心拍ごとに体が揺れた。

「術前検査に、何か問題がありそうかね」

君の問いに【知ってる佛】は『うん』と軽く頷いたが、そのあとはムニャムニャと言葉を濁した。

君は入院には多少慣れっ子になっている。このA病院には十四年前、一度目の直腸がんの手術で入院したのを皮切りに、術後の検査入院二回、耳の手術で一回、突発性難聴の治療で二回、計六回の入院歴がある。

手慣れたもので、二泊三日の入院が延引することで当面必要な下着類とか、ペットボトルや文庫本などを売店で購入して病室に戻る。と、そこにはすでに点滴調節機を備えたキャスターが置かれてあり、間もなく栄養輸液が留置された静脈栄養カテーテルに繋がれた。

いよいよ手術に向けスタート台に立ったんだなーと、君は軽い緊張感に包まれながら、追憶記の紐をとき始めた。待ってましたとばかりに【知ってる佛】は君に、追憶記の十四年前の頁をめくらせた。

そう、一度目は、君は癌を告知されても世間一般に言われている深刻さはあまり感じなかったようだ。が、それでも今回よりは強めの緊張感はあった。ただ当時は教職現役の真っただ中にあった（医療関係職養成の某専門学校の経営立て直しに校長として獅子奮迅の陣頭指揮を執っていた）ので、君本人より、驚きに加え、いま死なれては困るという願望をこめた周囲の緊張感の方が強かった。

聞き知ったポルトガルに在住している教え子が、わざわざファティマ（聖母出現の奇跡があったポルトガルの小さな町。一九三〇年ローマ教王はこの奇跡を公認した）に行き、マリアが描かれたペンダントを送ってくれたり、君の信奉者の一人が、［気］が出るという大きな水晶玉を贈ってくれたという、忘れられない思い出がある。

腹腔鏡による手術は、生体に対する侵襲が開腹手術とは比較にならないほど軽微で、手術の翌日から歩行訓練を強いられるほどであり、経過が順調であれば術後一週間で退院を許される。

君の一度目の手術後はその通りの日程を消化し、退院の途次には、最寄りの駅中のレストランでハンバーグを食べ帰宅した経験がある。

今回渡された予定表にも同様の日程が示され、退院予定は手術後一週間目の四月二日とあった。緊張感の軽いのは、一度目の経験をそのままに、順調に経過すればスタスタ歩いて帰れると想定したからである。

『でもねー、十余年前の体と違って、今は、抗病力が衰えているんじゃないかなー』

【知ってる佛】の独語は、幸いにも君の耳には届かなかった。

二人の若いドクターが来室した。君の担当であると名札を指さして自己紹介をされたが、名札をのぞき込むのも失礼と思い、君はベッドに座ったまま「そうですか、どうぞよろしく」とお定まりの挨拶を返した。

初対面の印象は、両人の容姿は背格好といい表情といい、ともに瓜二つに似てまさか双子ではあるまいかと疑わせた。あとでこの両人は下部消化器外科に配属されている後期研修医であることが分かったが、この若いドクターたちの英断と奮戦があってこそ、君の危機が回避された物語はのちに記す。

輸液交換の度に看護師は、小さな紙のメジャーを使って慎重に体表に出ているカテーテルの長さを計っていく。カテーテルの先が中心静脈に届いているかどうかの確認である。

深夜、カテーテルの刺入部位が少々痛んだ。夜勤の看護師が丁寧に冷やしてくれた。その親切さに感謝しつつも、本来なら今夜は自宅のベッドで夢を見ているはず。一昨日、日出夫の嫁の美佐子が車で送ってくれ、病院の玄関で、それじゃ行ってくるよ、と気軽に手を振って別れた二泊三日の検査入院とは想定もしていなかった事態に、今更ながらの繰り言をいう君を、【知ってる佛】は

『まあ、気持ちは分かるけど、明日に向かって頑張りなさい』

と言い聞かせながら、夢路につかせた。

明けて三月二十日

菩提寺のご住職さんの奥方に君は電話を入れた。同病のよしみと言っては失礼だが、正月のご挨拶に伺った時に、去年、A病院で結腸癌の手術を受けられたことを聞いていたからだ。

「あらまーそれは大変。でも真坂さんなら大丈夫。頑張ってください。歩けるようになったら屋上庭園で日光浴を楽しんでくださーい」

ＣＯＶＩＤ19（当時は武漢ウィールスといった）が猛威を振るい始め、経済・社会活動の停滞が深刻になり始めた最中、個人的問題で心配をかけたくないと、周囲に対して厳しく緘口令を敷いていたが、初めて第三者に病状を開示したことで、君は抱えていた荷物がちょっと軽くなったような気分がした。

この日は日曜日。検査もなく所在ないまま病棟の廊下を十周し、シャワーを浴びたところへひょっこり後藤医師が顔をのぞかせ、負荷心電図の結果はパスしたと君に告げた。

ところがである。先日、負荷心電図検査が終わった後に【知ってる佛】がむにゃむにゃとぼやかした隠語が、君には意外な事態となって現実化したのである。

後藤医師は、君にパスしたと告げたものの、負荷後の心電図に現れた明らかなＳＴのＶ

字降下（虚血性変化の指標）がいささか気になっていた。念のため循環器科の見解を求めようと、同科の磯村医師に意見を求めた。

負荷心電図を見た磯村医師は、これは明らかに心筋の虚血性兆候であり、手術そのものの可否判断にもかかわる問題なので、精査が必要であるという、ややシビアーな意見であった。餅屋は餅屋、後藤医師は磯村医師の意見に従うことにし、「パスした」は一時棚上げし、この件に関しては循環器科の判断を仰ぐ旨を君に伝え直したのである。

聞いた君は、専門科間の連携の濃さと慎重な構えとに、信頼の度を深めたものの、その先にあるやや深刻な事態にまでには考えが及ばなかった。実のところ【知ってる佛】も見当がつきかねたので、沈黙を守った。

三月二十一日
下部消化器外科病棟の、ナースステイションのはす向かいにある個室に引っ越し、改めて枕頭に掲げてあるプレートを見る。
担当部長：白川医師を筆頭に、主治医：吉田医師、担当医：後藤医師以下十一人の医師の名前がヅラヅラと書いてあるのには恐れ入る。あの若いドクター二人もこの名刹の中にいるのだろう。まだ顔を拝見しないが、このプレートを見て君は、自分の主治医が吉田医師であることを初めて知る。

引っ越した病室の窓からは、Gホテルと、Z大使館が一望のうちにあった。

三月二十二日

午後二時をまわったころに美瑛子と日出夫と長女の朝子が面会に訪れた。入院後一週間、食止めの君の憔悴の度合いを案じていたが、意外に元気そうな姿にまずは美瑛子も日出夫も朝子も安堵した。

「あなたは沢山の人を助けてきたんだから、そのご褒美はきっとあるから大丈夫」

美瑛子は真底からそう信じていた。夫も自分も両親よりはるかに長生きをしている。いや生かしてもらっている。常々の感謝の心の中に、いま夫を失うなどという業念は、美瑛子には微塵も存在しなかった。

勇気づけられる言葉に感謝しつつも君は、その言葉をかけられるたびに、命が尽きるときは地獄に落ちるという想念が首をもたげる。

というのは、君の医師としての出発は産婦人科医であった。医師は一生病者と付き合わなければならない。それが嫌だった。妊婦は健常者の代表的対象であり、さらに出産という新たな命と出会う、きわめてポジティブな医療という認識が選択の理由であった。が、昭和二十年代後半、敗戦の社会的困窮から産児制限を内容とした優生保護法のもと、当時の産婦人科医にとって、妊娠中絶術はルーチンの医療行為であった。君もその時代に青年医師として現場に在った。その姿を現在に呼び戻す度に、振り返って、自身は重殺人罪を負っていると思っている。

『ちょっと待った！　お前様よ！　いまそんな追想にふけっている時ですか！　奥さんの心情を察して、手をしっかり握って、礼と、逆に勇気づけをしなくちゃいけないのに、何をもたもたしているんですか！　お前様は常々、いま、いまが一番大切であると言っているじゃないですか！』

【知ってる佛】は君を叱りつけた。

ごもっともごもっとも、君は【知ってる佛】の叱声が終わる前に美瑛子の手を握りしめ、

「ありがとう。一度目も大丈夫だったから、今度も大丈夫。心配かけて済まない。ありがとう」

一度目の保証が二度目に通用するのかなー。科学者とも思えぬ妙なロジックだが、と【知ってる佛】は小首をかしげたが、心底から出た言葉と判じ、君を許した。

家族に対し説明が必要なので、面会に来たら連絡してくれるように後藤医師から言われているので、君は看護師を通じて家族の来訪を伝えてもらう。

ナースステイションに隣接した説明室で、後藤医師は、ビニール紙に印刷された腸管図に、マーカーで君の腹中にある腫瘍の位置を示し、さらに腹部X線写真をディスプレイに現して、君に語った病態と手術の見通しについて、素人にも分かるよう詳細にわたって説明した。

説明が、現存する血管系が、残そうと思っている結腸を養うことができないと判断した場合には、大腸全摘もやむなしという件に及んだ時は、美瑛子と日出夫と朝子が一瞬眉を

ひそめた気配を、君は敏感に察知した。君も、そうあってほしくないと、再度切に切に願った。

後藤医師の説明の終わりに、明日は心臓カテーテル検査の説明があるので、家族の方の同席を願いたいとの補足があった。

後藤医師が、負荷心電図の結果を保留したこと、その保留の意味を【知ってる佛】に問うた時にむにゃむにゃと言葉を濁したこと、君はそれを思い起こして、手術に臨む慎重さは理解できるが、まさか心カテまでやらなければいけない己の心臓の状況かよ、と、一抹の不安が心を重くした。

ならばなおさらのことである。

歳を重ね足腰が萎えたり、寝たきりの状態になったら自宅の二階にある寝室は不向きである。そろそろ寝室を一階の書斎に移すことを、君は数年前から考え、美瑛子にも日出夫にも朝子にも話をしてきた。しかし、自作の数点の彫刻や、歴史を含んだ膨大なネガフィルムを詰めた段ボールの数々、そして多くの書籍でほぼ空間が埋め尽くされている書斎を空にする作業は、想像するだに容易なものではない。いつ、だれが手を付けるか考えただけでもうんざりする。でも、癌手術後の体力低下は年齢を考えれば目に見えているし、加えて心機能に陰りがあるなら、いまがその躊躇を絶つ絶好の機会だと君は考えた。

「前から話をしている二階の寝室の一階書斎への移転。この機会にやってもらいたいんだが……」

意向を聞くような言い方だが、根は日出夫にその作業の指揮を執ってもらう依頼、というよりはむしろ懇請に近いものだった。

日出夫は書斎の混雑ぶりは百も承知しているので、これは大仕事だと思ったが、ここが親孝行の為所ととっさに感得し、

「分かった。任せておいて……」

と返事を返した。

大袈裟ではなく標準家庭の引っ越しにも相当する作業量になるだろう。物流会社の役職の身で、ＣＯＶＩＤ19に対する対策や、営業戦略の見直しなどに忙殺されている時期ではあるが、何とか向こう二週の日曜日に体を空け、妻や妹・甥・姪の手助けを取り付け、なじみの工務店から若い衆二人の助っ人の応援を頼み、その陣容で臨めば作業は終わるであろうという目算を、日出夫は立てた。

ＣＯＶＩＤ19院内侵入防御対策のため、面会者の体温測定、マスク着用、手指の消毒はもちろんのこと、面会時間は数分と限られていたが、医師から手術の事前説明もあったので時間を許され、夕刻までやや緊張の気は漂いつつも、病室で君一家の団欒があった。

見送って窓外を見るとＧホテルの前庭の二本の桜は、夜目に見ても明るく誇らしく満開であった。

「来年は一緒にお花見をしましょうね」

帰り際の美瑛子の言葉が、君の心の不安を優しくそっとふき取ってくれた。

三月二十三日

朝起きて、栄養輸液を繋ぐカテーテルが少し抜けているように感じたので、君は看護師に見てもらう。体表に出ているカテーテルの長さを、例のペーパー尺度で念入りに測っていた看護師の顔が真顔になった。

明らかに抜け出ている。「連絡します」と出て行って、ものの五分と経たないうちに担当医が現れた。夜直か早朝出勤か、その素早さに、見事な対応と感心する。

いったん輸液中断、直ちにどこまで抜け出ているかを確かめるためX線撮影室に運ばれる。朝八時前、その手順の良さに感心が倍加する。結局、正午近く担当医が現れ留置したカテーテルは役たたずで抜去され、通常の右手の体表静脈から留置針による点滴に代わる。多少君の右手が不自由になった。

午後、下肢のエコー（超音波検査）に呼ばれる。君は数年前からジンジンする下肢のしびれに悩まされていた。隠れ糖尿病の副症状かと諦めていたが、血栓の存在もありうると思っていたので、検査結果には関心があった。後藤医師から結果は問題なしと告げられひと安心するが、エコー室に向かう途中、入院して初めて明らかに足元がふらついたこと、依然として期外収縮が治まらないことと、激しい口渇を覚えたのが気になった。

夕刻、美瑛子、日出夫、朝子が面会に訪れ、明日行われる心カテに関する循環器の磯村医師からの説明を待った。

六時過ぎ、磯村医師が現れ、君の負荷心電図に現れた明らかなＳＴの降下は、貧血だけでは説明がつかない。心臓に虚血性徴候があるかどうかを調べる必要があり、心エコーはそのための検査であるという説明であった。

昨日に引き続き、かねてから頭に描いていた書斎兼寝室の模様を図に示しながら、君は再度、日出夫に完成を依頼する傍ら、三人からは勇気づけの言葉をもらい、その夜、家族一同の安泰を願う気持ちをしっかり抱きしめながら眠りについた。

三月二十四日

体重測定は毎朝起きて一番に測ることを義務付けられている。54・8kg。55kgを切った。痩せたなーと君はちょっとしょげた。

七時過ぎ、医局員数名を従えた白川医師の回診があった。昨年、菩提寺住職の奥方の結腸癌を手術された下部消化器外科部長である。背が高くがっしりしたタイプで、笑顔で名札を指さしながら自己紹介があった。君は初見の挨拶に、住職の知己であることを加える。

「ああ、あのご住職のお知り合いでしたか……。私も曹洞宗なんですよ……」

医師・患者間のやり取りに、なんとなくそぐわない話柄のやりとりに戸惑ったのか、従う医師たちの視線は、せわしく白川医師と君との間を行き来した。

昼食前、リハビリテーション室に呼ばれる。

君は、術後の歩行訓練を自主的に行うより、今回はＰＴ（理学療法士）に尻を叩かれながら行う方が、年齢からみて効果的かなと考え、ＰＴの関与を申請していた。

まずはベッド上で、担当ＰＴの横田氏により関節可動域や、筋力の測定を行われている間に、君は身分を明かす。

「どちらの病院でしたか」と尋ねられたので、

「Ｎ病院でリハビリテーション部長をしていました」と君。

「エッ、Ｎ病院ですか！　三十年前、私の臨床実習はＮ病院でしたよー」

聞けば横田氏は、君が定年を前倒しして病院を辞したその年の臨床実習生だったようだ。

すれ違って現場では会っていない。が、同窓のよしみだ。お互いに奇しきめぐり逢いだと顔を見合わせながら思い合ううちに、追憶が蘇った。

数分の間でよぎるものであるが、内容は君の人生後半の自分史に相当するといっていいほどの、長いながい追憶である。

君は、学縁を頼ってK医科大学研修科で研究を重ね、学位を取得した。

学位論文は『妊娠時燐代謝に関する研究　正常妊娠母仔間の代謝の相互関係について』で、放射性同位元素（通称アイソトープ）P32を使用し、家兎《かと》の母肝と仔肝と胎盤とについて、蛋白質と関連するRNA（核酸）のP32取り込み動態（ターンオーバー）を探求し、母仔間の蛋白代謝の関係性と特殊性とを追求したものである。

さて、追憶のはしりは、論文に纏わるアイソトープP32紛失という大事件である。

一九五四年のことである。P32は英国から国内指定の場所に直輸入される（容量は約二十ccの小瓶詰め――ワクチンの小瓶を想像してくれればよい――）。君が研修した医大は指定場所でなかったため、君は二か月に一度の頻度でP32を東京から医科大学へ運んでいた。そのとある折、トラフィックジャムに巻き込まれ君が乗ったタクシーが東京駅に着いたのは特急［つばめ］発車五分前だった。特急のホームは丸の内口からは遠い八重洲口側にある。君は走った。ホームに駆け上がって発車ベルを聞いた途端、ハッと気が付いた。

鉛菅に収納したＰ32の小包みが手元にないことを。

タクシー料金を払うのに慌ただしく、一端包みを手から外し、そのまま車から飛び降りてしまった。そうだ、タクシーの中へ置き忘れてしまったのだ。すぐさま君は東京駅近くの丸の内警察署に遺失物の届けを出した。

「遺失物の届けです。放射性物質という特殊なものを……、タクシーの中に置き忘れて仕舞いました」

「で……タクシーの車種は？」と警察係官。

「かぶと虫ルノーでした」

当時の都内のタクシーの七割近くはかぶと虫と字されていた小型のルノーだった。

「分かりました。管下一斉手配をします。いずれ記者会見があるので、午後三時に出頭してください」係菅の返事と指示があった。

君は待機場所を日本橋にある三兄の事務所に決めて足を運び、事の顛末を告げた。三兄はいまから頼めば記事掲載差し止めを願えるかもしれないと、君を連れて知り合いの某日刊紙の社会部部長のもとを急ぎ訪れた。

　子細を聞いた部長は
「貴方の弟でなければ、君なる人物の思想的背景を徹底的に洗えと命令するだろう……」

と、小首をかしげ、視線を遠く窓外に移しながら、

「仮に……放射性物質を浄水所に流し込んだとすると、どうなるか……」

　記事差し止めどころではない、とてつもないミステリアスな話に発展し、まさに文字どおり〝藪蛇《やぶへび》〟の始末とは相成った。


　丸の内署の一階ロビーは記者で埋まっていた。が、そのものものしさとは裏腹に君に対する質問は、身分や、遺失状況の確認など数問で打ち切り、あっけないものだった。それもそのはず。もうすでにこの時間には堂々の記事となって、夕刊第一刷の社会面をにぎやかしていたのだ。

　街へ出た君は夕刊を買いあさった、まるで自分の罪状を知ろうとする犯罪者のように。

　幸いにも、この記事が翌朝、某タクシー会社から遺失物保管の報の契機になった。

「通例として、拾得者には遺失物価格の一割程度の礼金を置いてください」

と、警察係官の一言。

放射性同位元素という特殊な物質名から想像する世間的価格はなんとなく高価という印象を持つだろうが、実験的原子炉から副産物として出てくるアイソトープＰ32の輸入価格は一瓶七百円である。係官のアドバイスに従えば礼金は七十円である。が、そうはゆくまい。

タクシー会社を訪れた君は世間的印象を慮って、小遣い銭から捻り出した千円を礼として置いた。千円と君の顔とを見比べながら、なんとなく物足りない不満そうであった事務方の責任者の表情はいまも記憶に新しい。

君は、後日総務庁から呼び出しを受けた。声も荒くこっぴどく叱られた。そして「今回は訓戒で済まされるが、これを機会に、放射性物質の勝手な移送に対する罰則規定の法を整備する」と。

君の結婚披露宴での上司の祝辞の中で、

「アイソトープを置き忘れて動顛しているかと思いきや、ちゃっかり特急券の払い戻しは忘れない、新郎はそういうズーズーしい面がある……」

医科大学での研究生活時期は、妻、美瑛子と熱烈な恋愛時代でもあった。この事件と時期は、君にとっては忘れられない人生ナラティブの一章である。

学位取得後は再び元の病院に戻り、そろそろ開業でもしようかと思い始めていた。

たまたま同院敷地内に、GHQ肝いりで設置された、我が国の旧態依然たる病院経営を現代的合理的経営に刷新するための、戦略・戦術を教育する病院管理研修所があることを知り、研修対象は病院長もしくは事務長に限られているのを、開業経営にも参考になるかと無理乞いして受講生に潜り込んだ。実はこのことが、君の次の人生の大きなターニングポイントになった。


半年の研修が終わり、あとは病院で始まった一診療あたり一伝票発行制度の推進、特定診療の原価算出などを手伝ううち、その年も暮れようとしていたある日、研修所のトップから、医療職技官として厚生省入省を半ば命令的なニュアンスを帯びた要請があった。

要請とは、当時、厚生省は全国を八つのブロックに分け、各ブロックに医務局の出張所を設置していたが、膝元の関東医務出張所に医療職技官の欠員があり、その穴埋めと、当時の所長（のちに医務局長となる大物）の話し相手になってくれというものであった。枠外の研修に潜り込ませてくれた恩もあるし、直面実行に移す目標もないので、君は諾した。

出張所は竹橋を渡った右手の奥にあった。旧近衛聯隊《れんたい》の倉庫であったらしい。いきなり科長に次ぐ上席を当てがわれた君に注がれる所内のまなざしには、この青二才に何ができるのかという、やや拒否的な臭いがあるのを君は敏感に嗅ぎ取っていた。案の定、稟議書類は君の頭の上を素通り、声をかけてくる事務官はおらず、無言の一日を過ごした君は、臨床とは全く異なる場に、ここにはいたたまれない、臍をかまないうちにと、帰宅して辞表を書き翌日研修所のトップに差し出した。


「君！　君の人事は局長決済人事なんだよ、だから軽率にああそうですかと受け取るわけにはいかないんだ。君の気持は分かるけど、せめて一年は辛抱してくれないか」

トップの説得に加え、「貴方の将来の信用にもかかわること、一年は辛抱して！」という美瑛子の切なる願いもあって、向う一年、竹橋通いを忍従せよ、と君は自分に言い聞かせた。

ところが、この一年が、君のその後の人生の大きな変換に繋がろうとは、君自身も気が付いていない。

その一年の間に、案件に関する発稟議から決済までの流れ、会議開催の段取り、効果的な配布資料の作成、本省や所轄管内の国立病院・療養所との案件折衝・処理などなど、事務職の仕事の内容と医療行政にかかわる素地的知見を、幸い本省の医療職技官に可愛がられる中で、君は相応に身に付けたのである。君、三十歳の年である。

その年の大晦日のことである。君は改まって父に呼ばれた。

「お前、医者を辞めてこの会社の経営を引き受けてくれ」

唐突な、半ば命令的な口ぶりとその内容に、君は大いに戸惑った。

君の父はいうなれば仕事の鬼。六十歳を過ぎて益々事業拡大に意欲を燃やし、当時の花形事業であったデベロッパーに進出。船橋市沖に工業団地用の埋め立て事業を展開した。埋め立てに伴う漁業権譲渡などとの引き換えに、住民の娯楽施設を作ってほしいという市の要望に応え、ボーリングをすると図らずも温水が出たので、小さな舞台付きの大衆浴場（のちの船橋ヘルスセンター）を建てた。そしてそこが予想外の盛況裡に、施設拡充に次ぐ拡張の最中にあった。

独自の会社を経営している長男は除いて、拡大した関連事業会社に次男・三男を配置していったところ、三男が担当していた祖父伝来の家庭薬製造販売会社の常務取締役の席が空席になった。そこで思い付いたのは、一年間役人の経験をして多少は世事に通じたであろう末子四男の君の活用であった。

君は若干の運命論者的な性格と、多角的な趣向の持ち主である。その両者が相応し、封建制の香りが消えやらぬ家庭の雰囲気も手伝って、父の希望に沿って次の人生行路への舵を切った。

着任した会社は、経営行き詰まりギリギリの状態だった。〝シマッタ〟と思ったが後の祭り。行き掛かり上耐えてたえてそれからの十三年間、実業界に在って人生の苦境を経験することとなった。毎月末の手形決済に追われた。何しろ手形用紙が文房具屋で売られていた時代でもあり、融通手形の世話になることもしばしばであった。この間、父も放っておくわけにいかず、腹心の部下の一人であるN氏を君の後見指導役として社長に据え、さらに救済策として恰好な会社との合併を目論み、当時二部上場会社ではあったが低迷を続けていたT科学薬品工業に目をつけて業務提携を取り付け、提携の印としてN氏はT社の専務取締役に、君は営業・宣伝を担当する常務取締役を七期併任することとなる。

ところがその提携にヒビが入った。

提携四年目に差し掛かった時、突如N氏が、提携はT社にとってメリットはないという理由で一方的に提携を打ち切り、君の会社の社長職を辞しT社の社長の席に就いたのである。

保身としか思えない行動に君の心身は怒りに燃えた。人間の徳性として最も大切な仁義に反するれっきとした裏切り行為である。殺してやろうとまで思い詰めた。その強烈な執念と傷心とを平常心に何とか戻そうと、救いを求めた先に禅があった。

粉飾決算が明るみに出て、船橋ヘルスセンターは大手不動産会社に吸収合併され、創業者の栄誉が守れなかった失意のうちに、父は他界した。事業戦線縮小の家族会議で君が受け持っていた会社は長男が引き継ぐことになり、一挙に君は身軽になったのだが、数か月後不渡り手形を出して引き継いでくれたはずの会社は倒産、長男は行方不明となって姿をくらました。結局後始末は君に負わされ二年を浪費した。

運命のいたずらかとつくづく嘆いたが、嘆きを払いのけほぼ平静に戻してくれたのは禅であった。

その禅が、終焉を間ぢかにしている今の君が、信頼する菩提寺の住職との貴重な知己の縁結びの起点になっているし、多分その時分からじゃないかなー、ひそかに君の心の中に二人の佛が住み着いたのは。

また、たまたまその時期に、君が生来持っていた藝術・芸能心に火が付き、彫刻に精を出し、日彫展（公募展）に三回入選し上野美術館に作品が展示された。

さらに縁あって、のちに人間国宝になられた常磐津の師匠について常磐津節に親しみ、お名を頂いて国立小劇場の舞台に立ったこともある。

倒産会社の整理に二年を費やし自由の身になったが、さて、これからどうしようかと思案に暮れた。

君は産婦人科医に戻る気はさらさらにない。世の中は高齢化時代になりつつある。高齢者医療、とりわけリハビリテーション医療に興味を持ち始めていたので、その科を標榜するクリニックを開業しようと思い立ち、知己を頼って東大のS教授を訪ね、リハビリテーション医療の研修方を願った。が、学園紛争がまだ収まらない時期とあって断られ、代わりに研修場所として丹沢山の麓にあるN病院を紹介されたのである。

当初は三・四か月の研修期間と踏んでいたのが、開業を予定していた土地が会社整理のための担保に取られ、目論んでいた計画が挫折する時期に同期して、医師不足にあった病院当局から、常勤医師として継続勤務を要請され、それから二十年余、N病院に職を奉ずることとなった。

リハビリテーション病院と言ってもリハ専門医は院長と副院長の二人きりであった。良き弟子ござんなれと、副院長は手取り足取り君にリハビリテーション医療の奥義を伝授してくれた。三年ほどで、院長に代わって某大学衛生学部の選択科目であったリハビリテーション概論の講義を受け持つほどに成長した。

多様な社会的背景を持つ障碍者の人生物語をありのままキャッチし、共感を携えた君の臨床は障碍者に慕われ、君が担当した障碍者の発起による［まさか会］と銘打った親睦会は、十数年に亘り活動を続けた。


『お前様よ！　それもこれも、十三年間の他業種修業が役にたってるんだよ』

【二人の佛】に言われるまでもなく、君は、眼前に提示されるあらゆる経験は、回避するなどとはあまりにももったいない、すべて人生の糧になるものとつくづく思った。

君が脳卒中後遺症のリハビリテーション医療に、我が国の伝統医療である鍼灸医療を初めて導入した経緯や、それが契機となって、その分野で一定の役を担い、応分の責を果たした経緯などの追想は、君が書こうとしている自分史の筆にゆだねることとして、N病院の名前が出てきたところでひとまずこの追想は打ち切ろう。

ともあれ、N病院と聞いただけで、人生の大きな節目となった追憶が、一瞬のうちに君の頭を駆け抜けていった。

一方、横田氏にとっても、わずか六か月という短い実習期間であったとしても、修学の最終学年にあって、実地に患者さんに接した臨床家としての感触や、多分、指導教官から何かしらのお小言をもらったであろう忘れ難い思い出があるはず。

追憶の質は違っても「N病院時代」は、共通した目次としてお互いの自分史の中にあった。

階段昇降訓練が終わったあと、

「心拍数は110、アンダーソン・土肥の基準（心拍数120を超えたら訓練を休む）は満たしています。立派です」

横田氏の言い様に、予定通り手術を終え、来月二日には退院できる身体状況を保証された感じをそのままに、礼を述べ、君はリハビリテーション室を後にした。

午後二時過ぎ心カテ検査に呼ばれる。検査室は手術場の一隅にあった。例によって氏名・生年月日を言わされ、手術台に寝かされると、手早く心電図の電極と指尖にパルスオキシメーターが装着される。手術台の上には小型のX線照射管が君を見下ろしていた。この景色の中で、これから行われる心カテ検査のすべては君にとって初めての体験である。不安よりは興味が優先した。

手術着に身を固めた磯村医師が現れ、「ではこれから始めます」と言って右の橈骨動脈上に皮下麻酔を施し、続いてカテーテルの挿入が始まったのであろう。が、皮下麻酔時のチクンという皮膚の痛さはあったが、その後は覚悟していた血管痛などは全くなく、挿入操作が続けられていることに、君はまず驚いた。

続いて、カテーテルの進み方を確かめるためか、天井に設置されたレールにぶら下がっている小型のX線照射管が上下左右に踊り出した。時に君の左胸近くまで迫ってくることもあった。多分術者の足元にパイプオルガンのペダル鍵盤に似たリモコン装置があって、それを踏んで自在に照射管を操っているのだろうと想像したが、これにも君は驚いた。カテーテル尖端が冠動脈付け根に達したところで造影剤が注入され、撮影が行われたあとカテーテルは抜かれ、挿入部には止血圧迫装置が巻かれて検査は終了した。ものの三十分もかかっていない手早さに、君はまたまた驚き、感心した。

専門医にとってはルーチンの作業であろうが、君にとっては初体験。その操作の巧みさと無痛下であったことに、心の中で「お見事」と喝采したほどだった。

検査結果は後述するが、この日から抗凝血剤のバイアスピリンが処方に加わった。

病棟に戻って歩行訓練のため廊下を巡っていると、背の高いヒョロヒョロとした体躯の青年から遠慮っぽく、

「真坂さんですね」と声をかけられた。

「明後日の手術で麻酔を担当する東です。麻酔についてご説明したいことがあるので……」

例によって名札を指さしながら自己紹介を受けて君は、

「失礼しました。どうぞ、どうぞ」

と病室に招じ入れた。

手術中の進行を差配するのは麻酔医である。若い、ちょっと弱弱しい、任せて大丈夫か

な。この麻酔医に対し、正直なところ君が感じた第一印象からの危惧であった。

全身麻酔と気管挿管後の喉の痛みやらの副作用について概略の説明があったのち、抗凝血剤を服用されているので、術後の鎮痛対策は硬膜外麻酔は行わず、麻薬系の薬品投与に代えるとの説明が加わった。


君には苦い経験がある。

何回目かの経尿道的膀胱腫瘍切除術の手術の際の腰椎麻酔で、若い麻酔医が、三回穿刺を繰り返しても針先が脊髄腔に入らない。「この下手糞！」と怒鳴りたいところと、その都度の穿刺の痛みを我慢してやっと四回目に針が届き、麻酔薬を入れられ仰臥位に戻った視野に、汗が流れ落ちていた麻酔医の顔が思い出される。幸いその時は、穿刺により血管を傷つけて起こる血腫形成はなかったが、抗凝血剤服用者には、穿刺ミスによる血腫形成は容易に起こりうる。今回、硬膜外麻酔を外したのはそのリスクを避けてのことであろう。慎重さに危惧はちょっと和らぐ。


「どうぞよろしくお願いします」

君は、言い様の中に手術中に一身を託す願いを籠めた。

心カテの結果説明のため家族が呼ばれていた。

夕刻、磯村医師から、心カテで撮影したX線写真のコピーを一同に示し、冠状動脈の左前下降枝に数か所の狭窄があるとの指摘があり、腹部消化管の手術の後でステントの挿入が薦められた。加えて、この状態で数時間の手術に耐えうるかどうか、場合によってはＡＢＰ（大動脈内バルーンパンピングという一時的に弱った心臓を補助する機械）の装着が必要かどうかを検討したいという言辞が加わった。

そこまで心臓がいかれているのか。君は思わぬ事態に、再び「参った！」が頭の中で踊り出した。

思えば、最近は駅までの道のりに息苦しさを覚えていたし、二月の関係会社の通例研修会では、ロールプレイを観察する姿勢が多少前かがみの姿勢を余儀なく、さらに多少息苦しかったこともそのせいであったか、と納得をしたものの、気分は暗雲に覆われた。

『この状態を知ってたのかい』

と【知ってる佛】に問うと、

『そこまでは……』

と【知ってる佛】は詫びるように頭を掻いた。

巨大結腸癌と狭心症の疑い。妻と子供たちはこの事態をどう受け止めているか知る由もない。ただ君はこうなったからには一切合切、診療医師団にお任せすると腹をくくると、気分を覆っていた暗雲が多少薄れるように感じた。

朝子が分厚い郵便物を持参した。見ると、今年二月に八年を費やしてやっと君の編著により上梓した『鍼灸臨床における臨床推論』の姉妹編として、同出版社の社長が柔道整復師用の臨床推論の刊行を企て、推薦序文の執筆と最終稿の推敲を願う添書が付いたゲラ刷り原稿の束であった。返信締め切りは四月十日とあったので、入院の現状を伝えながら何とか要望に応えられると応諾の電話を入れた。

後藤医師は君が磯村医師の説明を十分納得したかどうか気になっていた。夜九時過ぎではあるが君の病室を訪ね様子を伺う。やや疲れは見えるが君の落ち着いた表情を見て安堵し、明後日の手術の執刀は吉田医師と自分であることを告げた。

複数の病態を抱えた老体。これからどうなるのかと君は【知ってる佛】に問いかけたが、長い追憶やら新体験に付き合って疲れたのか、かすかないびきが返ってくるばかり。つられて君も、長く感じた一日をなぞりながら眠りに落ちた。

三月二十五日
手術前日。朝の勤行を済ませて間もなく、早々に白川部長の回診があった。

「明日は手術ですね。頑張ってください」

深い笑顔が君を勇気づけた。

君はシャワーを浴びて髭を剃る。

九時過ぎ磯村医師来室。来週の月曜日にステントを挿入する予定と、検討した結果、ＡＢＰは装着しないで何とか手術は乗り切れそうだということを後藤医師に伝えたという報告を受ける。

やれやれと思わず君は、右手を左の胸にあてがい、「頑張ってくれよ」と己の心臓に呼びかけた。


三食食止めになると一日の区分がはっきりしない。陽射しを感じてなんとなく区切りをつける。

君は、依頼原稿の推敲を全体量の三分の一ほどを終えたところで止め、歩行訓練のため廊下に出た。とその時、病棟では見慣れない看護師から声をかけられる。

聞けばＩＣＵ所属とのこと。なんでＩＣＵの看護師が自分に用があるのかといぶかると、手術当日の夜はＩＣＵで貴方を預かる段取りになっていると言い、その説明に来たのだそうだ。

心筋梗塞で倒れ、意識不明のまま生死の域をさまよっていた美瑛子の妹を見舞うため、某医大病院のＩＣＵに足を入れたことはあったが、今はまだピンピンしているこの自分が、術後とは言えまさかＩＣＵのお世話になるとは、君は夢にも思っていなかった。

後藤医師からも磯村医師からも、病棟の看護師からも何らの情報をもらってない。一度目の癌摘出手術では手術室からＩＣＵを通らず直接病室へ移された記憶は明らかに残っている。寝耳に水とはこのこと。

今回の手術はそんな大ごとなのかと一挙に不安が波だった。が、どうやら磯村医師の指示らしいことが分かると、そこまで大事をとってくれているのかと行き届いた段取りに、感謝の気持ちが波を静めた。用意するものは病棟の看護師から案内があるはずと言われても、それらしきインフォーメーションはない。折よく担当の男性看護師が現れたのでその事を話すと慌てて一枚の印刷物が君に手渡された。

見ると、ＩＣＵを利用される患者さんへというタイトルで、一泊二日の場合と二泊三日の場合という小見出しがあり、それぞれの場合に用意するものが列記してある。まるで旅行案内書のようだと君はちょっと気が緩んだ。が、用意しなくてはならない紙おむつなどは手元にない。買いに出なければならない。思案していると、インフォーメーションの遅れの詫び代償であろうか、男性看護師が病棟備品からそそくさと用意する品々を調えてくれた。

その品々を大き目のビニール袋に収め一泊二日の旅装を調えたところで、君は男性看護師に手を合わせて礼を言った。

片や、必ずこの病室に戻ってこられるような旅になることをも祈りながら。

続いて手術室の看護師が訪ねてきた。手術同意書と輸血承認書にサインを求められ、手術の流れの説明と、補聴器の持ち込みは良いが、メガネは外すことなど、細かい注意があった。

後藤医師は、明日の手術開始時間の見込みを告げに来た。順番は二番目だそうな。家族には余裕を見て十一時半までに来院してほしいとのことであった。

そしてこの日の最後の訪問者は、主治医であり執刀医でもある吉田医師であった。君にとっては下部消化器外科病棟に移って五日目の初対面である。

主治医のご挨拶としてはちょっと遅くないのかなー？

君の現役時代の医師としての日常と比べると、意表には出さないものの、はっきりそう思っていた。

その日常とは、担当する患者さんが入院してくれれば即刻面接・診察をしたものだ。しかし昨今はそうでもないらしい。チームメンバーが聴取した既往歴、入院後に行った諸検査の数値の数々、報告書類、画像情報、看護記録に盛られた日常のバイタルサインの記録等々から、患者の医学的全容は十分把握できているのであろう。人相の分別は後回しなんだと、君はややひがみったらしく考えていたところだった。

丸顔の下半分から首筋にかけて黒々とした髭剃り後を残す中背の、太り気味ではあるががっしりとした体躯の、歳は四十歳代後半と、君は吉田医師を見受けた。

「明日のために、前回執刀医のＳ医師に電話で連絡を取り、前回手術の詳細を聞いて参考にしてあります」

当然と言えば当然だが、なかなかこの当然が実行できないのが通常だ。吉田医師の、当然の道のりをぬかりなく歩んでくれている確かさと、万全を調えてくれている気配が会話の中に見えてきて、

「どうぞ、よろしくお願いいたします」

と君は、一身をお任せするという意を籠めて手を合わせ、【知ってる佛】になけなしの毛を引っ張られながら深々と頭を下げた。

ラインを覗くと、子供や孫からの激励のことばが躍っていた。

翌朝まで三回排尿に立った。気分とは別に、体がいたく緊張しているのかなー、心身は不離のはずなのにと君は思った。

三月二十六日

朝がきた。君は手術当日を迎えて考えた。一体自分は何回手術台に昇ったことだろうかと。

『十五回、今回は十六度目だよ』

と【知ってる佛】が耳打ちするのに、

「エッツ！　そんなに……」

思わず君は声に出した。

我が国で初めて開学したM鍼灸大学が、大学院を開設するに当たって、基礎医学系はT大学医学部教授（生理学）のH先生、臨床医学系は君が文部省の承認を得て大学院教授に就任することになった。

わざわざ大学所在の丹波路までお越し願うのは恐縮という当時の学長の配慮で、自ら上京され、都内の某ホテルに設けた昼食の席で辞令が交付された。

君はビールを三、四杯はほしたであろうか。帰宅して排尿したときのことである。煮て赤身が薄れた小さなたらこのような塊がどろどろと便器の水たまりを満たしたのである。驚くと同時にこの塊は凝血塊と視認した。赤身はなく黄身がかっているので膀胱での貯留時間は長かったはず。とすると出血部位は膀胱より上位の可能性は大きい。いわゆる無症候性血尿だ。

瞬間、その症候を伴う最も嫌な病態、腎腫瘍、というテロップが眼前に飛び出し君は愕然とした。

腎腫瘍の予後の芳しくないのは数人の経験例で承知している。美瑛子にはこの事態はすぐにはとても言えない。診断が決まるまでじっと黙した。

N病院に隣接する整形外科主体の病院の院長は、君とは同年代の友人で、専門は泌尿器科であった。症候を話すとすぐ膀胱鏡の検査をしてくれた。

膀胱鏡が映し出すディスプレイ上の膀胱内面は、あたかも海底の海草が波につられてゆらゆらと揺れ動くように、幾条もの突起物がゆらついているのが見えた。

「多分、膀胱のパピローム（乳頭腫）だよ。昔は悪性の部類だったけれど、今は良性腫瘍に属している。心配するな」

院長の言葉に当面の危惧とはおさらばできてホッとする。がさて、本当にパピローム（君はキノコと呼んだ）かどうかは病理組織検査の結果でしか分からない。膀胱の手術は初体験である。膀胱は過敏な臓器である。術後の痛みはどうか、術後の留置カテーテルの装着違和感はどうか。などなど、新たな心配事は絶えなかった。手術は院長の執刀で行われることになった。

入院仕度は、パジャマやら着替え一式、洗面道具、食事に必要なもの一切、本や身の回りのほぼ一か月分の品々に美瑛子の肝いりで小型冷蔵庫が加わった。「少し大げさじゃない」と美瑛子の妹の芳子さんが言うのを、「これが最後になっても心残りがないように」と折り返した返事を君は美瑛子から直接聞いた。その言葉は今でも耳そばにあって、自分と同等の重さの心配事を抱える愛おしさに心が泣けた。

忘れもしない一回目の手術当日（平成三年／1991年／六月三日）は、雲仙普賢岳噴火で起きた火砕流による惨事があった日だ。そして、療養中であった恩師でもあり同志でもあったY先生が永遠の旅路につかれた日と重なった。本来なら間柄上、葬儀委員長を務めなければならないのに何と皮肉なことかと悔やんでも悔やみきれない思いがあった。その思いを籠めて長いながい追悼文を書き「Y先生と私」と題して関係学術誌に投稿・掲載した。

キノコは全部切り取ったはずだが、六か月目の検診でまたニョコニョコ生えているのが見つかった。

それから何回、見つかった・切り取った、を繰り返したことか。数えてみると十八年間に九回に及んだ。最後の頃は慣れっこになって「行ってくるよ」と単身キャリーバッグを引っ張って入・退院を繰り返すほどになった。

数えれば膀胱腫瘍の手術は九回（九回目に摘出した腫瘍の病理所見は膀胱がんであった）、それに一回目の直腸がんの手術、耳鼻科の手術二回を加えても、手術台に昇ったのは計十二回じゃないの……。

『お忘れかお前様。顔と背中にできた粉瘤の摘出術と、青年時代の虫垂炎の手術を加えれば合計十五回になるんですよ』

と、【二人の佛】。

ああ！　そう言われればその通り、結構な回数昇り降りしたもんだ、君は思いにふけった。

君はN病院時代に附属の看護学校の教鞭をとっていた。その学校の看護実習生数人が、手術場に向かう君を乗せたストレッチャーに並走しながら覗き込むように

「先生頑張って！」

と声をかけてくれた数人の面々は今も君の眼前にある。それほど初めての膀胱の手術は君には印象深いものがあった。

もう一つ。A病院で左耳の中耳郭清術を受けた時だ。執刀医の耳鼻科K医師が、手術を終えると早々に君の病室に現れ、

「真坂さん、あなたは百歳まで生きるよ」

とやや興奮気味な口調に、君が理由を尋ねる間も置かず、

「脳底と境を隔てる骨の厚さは数ミリ弱残っていたよ。いまやっておいてよかったねー、ラッキーだった」

と言われたシーンは、その後外来を訪れK医師と対面するたびに必ず君の脳のスクリーンに映しだされるし、百歳までという言葉は耳にこびり付いている。

『わしゃー百歳の根拠は知らないが、要はぎりぎりの所で慢性炎症は食い止められた。間に合ってよかったね。お前様はラッキーボーイだよ、と仰っているのさ』

「そう、そうだと思うよ。このまま様子をみようか、それとも思い切って手術に進むかどうか、何べんとなく先生と相談した結論として、様子見の間には年もとり外来に来られな

くなる事態も起きよう。思い切って今やっちゃおうか、と決断した時と、ギリギリ間に合った時とが一致したというわけなんだね。サムシング・グレートとか、何やらとかから、暗黙のお告げでもあったのだろうか」

『そ、そんなことはわしゃ知らぬ。わしゃーほ、佛、ほとけ　だよ！』

とこんなやり取りがあり、【知ってる佛】がしかめっ面をしてちょっと臍を曲げたこともあった。

時計の針はそろそろ十一時半を指そうとしていた。いつもなら指定した時間より早く来るはずの美瑛子も朝子もまだ現れない。手術は午後からだと言われているので、まあいいやそのうちに来るだろうと思っていた矢先、今日の担当ではない女性の看護師が突然現れ

「手術室に呼ばれました。これに着替えて用意をしてください」

と君は手術着を手渡された。

前の手術が早く終わったのかな。予告よりだいぶ早いじゃないか。美瑛子も朝子もまだ現れていない、困ったなーと君は思いつつ、もう一度時計を見てから視線を看護師に移す

と、「急いで」という眼の語りがあった。語りを受けてそそくさと着替えをしている最中に、折もよく息せき切って美瑛子と朝子が病室に飛び込んできた。

「早くなったと知らせてくれればいいのに」「そんなことを言われても、こっちも今知らされたばかりなんだよ」

無言のやり取りの後に、お互いが「それでも間に合ってよかった」と顔を見合わせて頷き合った。聞けばトラフィックジャムにあったという。

君は促されて病室を出るとき、明日は元気にこの病室に戻ってこられますようにとつぶやきながら軽く会釈し、一泊二日のＩＣＵ行きの旅装を先導する看護師に預け美瑛子、朝子と共に患者・スタッフ専用のエレベーターホールに急いだ。

手術場に着いてまず、氏名、生年月日を言わされ、手術同意書、輸血同意書等の署名確認を終えた後、君は美瑛子と朝子と、頑張って、頑張るよ、と無言のうちに強い意を籠めた握手を交わし、背後に二人の熱い視線を感じながら、手術室に向かった。

手術室入り口で再び生年月日とフルネームを言わされ初めて入室が許される。

一種独特な緊迫感が漂う手術室に、居並ぶ執刀医の吉田医師・後藤医師、麻酔担当の東医師、それに双子に似た後期研修医のそれぞれに君は目礼し、二段の階段を踏んで手術台に昇る。

君は、全身麻酔は二度経験しているので、不安は全くなかった。無影灯に映る姿を見ながら、これが十六回目の手術台か、とそんなことを考えるうち、「これから麻酔を始めます」という東医師の言葉に了解の視線を返して間もなく、君の意識はかき消された。職業慣用語の［落ちた状態］、君側から言えば［落とされた状態］に入った。

全身麻酔中は夢想などの意識活動は全くない。時空という表現も当てはまらない空白の期間だ。あとでその空白の期間は何時間だったよと知らされる、生命活動に支えられながらも意識を失った異次元の世界である。

そもそも不安の対象がない世界だから不安は存在しない。今は君はそう思っている。

ひと昔前は不安があった。不安の対照の安心が欠けていたからである。麻酔科が診療科として独立する前は現今のような精密な麻酔用の機器は無く、手術実施科に所属する医師が交代で麻酔を担当し、術中のバイタルサインのチェックも精度を欠いた。問題も起こった。その経験を踏まえて君は、家族は手術室に入る前に当人の顔を見ておくものだよと、美瑛子にはかねがね言っていた。

今回の入院では思わぬ事態が多かっただけに、「間に合ってよかった」と、「落ちる」前に君は二度三度、二人の佛と大きく頷き合った。

美瑛子と朝子は、看護師から、君と会えるのは手術が終わってICUに移った後になるので、それまでは病室で待機するように告げられ、病室に引き上げ連絡を待った。

時計を計ると三時間を過ぎた。そろそろ連絡がありそうと予期していた時、手術室に来てくださいとお呼びがかかった。

先刻案内があったICUではなくて手術室。何か手術中に異変でも起こったのか。瞬間、美瑛子と朝子の交わした目線は、同じ不安と緊張に満たされ熱いものがあった。

案内された部屋は手術の準備室であろうか結構広い空間に、中央に置かれた金属製の机の前に手術着のままの姿で吉田医師が座っていて、どうぞこちらへと手招きをしている姿があった。

見ると、吉田医師の前には四角い膿盆に盛られた赤黒い肉塊があった。君の体から取り出した大腸である。手術中の異変ではなく、摘出した大腸を見せるために手術室に呼ばれたのだ、と分かると、美瑛子と朝子の見かわす熱い視線は安堵の水で冷やされた。

吉田医師が手術鋏で腸管を開いて見せてくれた癌腫はその大きさに、二人の眼は見開いたまましばし動かず、「あれまー」と心の中で異口同音に叫んだ。

見ると、長径は六～七センチもあろうか。丸い大小の薄赤色の石ころが数個くっつき合って丘のように盛り上がり、表面はでこぼこした血に染まった腫塊である。

「よくもまーこんな大きな腫塊を居候として抱え込んでいたものよ。本人が気が付かなかったのに、私どもが気が付くはずはないよね。よくもまー……本当に……。あなたが手遅れかもしれないと言っていたのは……、この大きさを見れば、うなずけるわ……」

これもまさしく異口同音の想いであった。

「ここにも小さな癌がありました」

吉田医師が指さす先に、巨大腫塊から三センチくらい離れたところに醜いキノコのような小さな塊がニョキッと見えた。内視鏡が巨大な腫塊に通せんぼされて届かなかった先である。つまり大小二個の癌があったことになる。

「あらまー、子連れの居候！」

思わず口から飛び出しそうになったのを美瑛子は慌てて手で押さえた。

もし君がその場にいたとしたら、同じことを目を丸くして叫んだだろう。続けて自分に向かって「このお人良し！」とも。

朝子は「なんでまー二つも……」と、なにかの罰なのかしら、まるで癌の製造機みたいじゃない、そんなに癌が良く育つ体質なのかしら、ついには遺伝という言葉が頭をもたげてきて、ここ三年ばかり行ってない人間ドックと書かれたテロップが急に目の前にちらついた。

不思議なことがある。摘出された腫瘍は家族は見ているのだが、当人の眼には触れていない。一回目も今回の癌腫もそして九回摘出された膀胱の乳頭腫も一回たりとも本物と対面したことはない。君はかねがねこのことを不思議に思っていた。

『そういえば、わしらも本物は見たためしがないね。どうすれば見ることができるのかね』

【二人の佛】が問うてきても君には分からない、が、

「そうだ、あらかじめ術前に、摘出したものを見せてください、とお願いしておけばいいのかもしれない」

『なるほど、なるほど。そうすれば見せてくれるかもしれんなー』

と【佛たち】、

「じゃー、この次の時は頼んでみよう」

と君、

『ちょっ！　ちょっと待った。お前様、お前様は一体何歳まで生きるつもりなんじゃ、えーエッ！』

【二人の佛】はあきれて、顔を見合わせ嘯いた。

君が意識を取り戻したのはＩＣＵの個室であった。心拍をモニタリングするピィピィという音が、目覚ましの合図だった。が、まだ半覚醒状態にある。その状態でもピィという音は補聴器無しの耳にもはっきり届くのだから相当大きな音なのだろうという推量と、周りに四つの人影が動くのを覚知した。

白衣に包まれている二つの影は看護師であろう。残りの二つは、白髪は美瑛子、黒髪は朝子と識別したが、奇妙なことに四つの人影の顔はみんな揃って目鼻立ちが判然としないのっぺらぼうに見えた。

君が育った家は、目白台の高台がずーっと延びて尽きるところ、敷地六百坪に築山を配した屋敷であった。高台の台地が尽きる急峻の崖の下は、人気が全くない一面の広い低地になっていて、真ん中を末は神田川になる小川が流れていた。一本の橋に繋がるなだらかな坂道は、新井薬師の丘へ誘う。薬師の隣地には、昭和の初期まで全盛を極めた、かの有名な［阿部定］がいた花柳界があった。

ある夜も更けたころ、ほろ酔い機嫌の若い衆が、橋を渡る一見してそれと見分ける粋な芸者に、ちょっかいの声をかけた。振り向いた芸者の顔はのっぺらぼう。驚いて腰を抜かし這いつくばったという話。のっぺらぼうの正体は小川に住むカワウソが化けたに相違ないと。この噂は一帯に広まり、誰言うとなく低地は「ばっけの原」、短く「ばっけ」というようになったとさー。

君は奇しくもいま、ＩＣＵの個室でそののっぺらぼうを体感した。この奇妙な体験は、術後鎮痛に使用された麻薬系の薬効の仕業と分かったのは後日であり、引き続き君を襲った奇妙な体験はのちに記す。

一夜をＩＣＵで過ごした感想を、君は宮田氏に後日こう語っている。

バイタルモニターに囲まれ、心拍に同期する音を聞きながら一夜を過ごした。半覚醒状態であっても記憶に残る場面はいくつかある。まず、一人の看護師が付きっ切りで寄り添い世話をしてくれたことだ。覚醒した時に、改めて患者に寄り添うことの意味と意義を考えてみた。それは寄り添われる身からすると、「限りない安堵感を与えてくれる」、の一言に尽きる。その一言は即実践に移せる貴重な体験だった。

深夜だと思う。長時間同じ姿勢でいると疲れるでしょうと、縦折にした大ぶりのタオルの二連を背中にかかって軽い側臥位をとらせてくれた。楽になった。朝がきた。歯磨きに続いて熱いタオルで顔を拭い、最後にそっと両目頭を押さえてくれた。気持ちよかった。たとえマニュアルに沿った一連の行為であろうとも、一つ一つが安心感の厚みが増す思いがして、記憶に残る場面であった。

　ほとんどがマスクに覆われているのでご面相は分からないが、その看護師の沈んで光る黒い瞳はしっかりと脳裏に残っている。そしてＩＣＵを去る間際に「絶食中なんですがこれだけは飲むようにと医師からの指示がありますので」とバイアスピリン一錠を渡されたのが妙に印象に残っている。そして最後に、

「この一夜の経験が改めて寄り添うことこそが、医療の原点であることを再体認したし、加えて、医は仁術と言われる〝仁〟という字は、人偏に二が旁として添えられている真の語彙が、深く胸の底に落ちた」とも。

　三月二十七日
　無事に病室に戻れ、手術着を脱ぎパジャマに着替えた君は、【二人の佛】と一緒にホーッと安堵の息を大きく吐いた。
　美瑛子は、昨日の手術後の君との出会いはいわば瞥見《べっけん》に等しかったので、今日は元気な

姿にゆっくり接したいと思い、連日の外出は疲れるからという朝子の心配言は飲み込み、病室を見舞った。明日は降雪の予報も出ている、ダウンを着ても寒い日であった。

病室は温かった。ギャッジで三十度ばかり上体を起こしている君はすこぶる元気に見え、美瑛子は自分が信じている姿を眼前にして、ホーッと安堵の息を大きく吐いた。

君の二階の寝室を一階に移し、書斎兼寝室への模様替えは、明後日の日曜日に家族総出で完遂することを告げられると、君は大いに喜んだ。

入院時に「大腸の手術を受けられる方へ」という、入院日から退院予定日までに行われる諸種の検査や看護の内容と、手術のために準備するもの（例えば履くタイプの紙おむつ十枚程度など）とか、患者の病棟での過ごし方がことこまかに記された小冊子が看護師から渡される。

その中で、手術後一日目の活動欄に、「歩行が安定すれば」という文言がある。つまり歩けるかどうかがこの日に試されるということだ。

さらに二日目以降の同欄には「腸閉塞の予防や術後の回復促進のため、術後日数×十周の病棟内歩行を推奨しています」とある。十四年前は術後二日目に点滴のキャスターを杖代わりに病棟を一周した君には覚えがある。

今回もできるはずと身構える君に、念のため歩行の前に起立時の血圧を測りましょうとI看護師。

文字盤に現れた収縮期血圧は八十五ミリHGであった。数字を見て、君とI看護師の目線が交わり小首をかしげる。明らかに起立性低血圧である。

「今日は控えておきましょうか」

「うん。そうだね、その方がよさそうだね、そうしよう」

双方は合意の元に術後一日目の歩行は断念した。が、君は、十四年前とは体力・順応力はもとより、侵襲からの回復力が衰えている一面を数字が語っている現実に、つくづくと歳には争えない老体の身を知らされた。

ほどなく、君の術後の元気な姿に安心を一杯懐に詰め込んで、美瑛子と朝子は病室を辞し家路についた。

君は、昨日から頭に薄い霞がかかっていてなんとなく物憂さを感じていた。美瑛子と朝子が帰った後、半坐位でぼんやりと正面の床頭台に置かれたビニールの包みを見ていると、結ばれていないビニール袋の両端の紐の部分が、阿波踊りの手さばきよろしく踊り出すではないか。目をこすり瞬いて見直しても同じように踊りだす。

目線を正面の壁掛時計に移すと、時計の中心軸がゆっくり七時の方向に下降し始め、長針・短針も軸の移動につれて円形の端に向かって押しつぶされるように短く小さくなっていく。繰り返し目線を中心軸に移しても同じ現象が視界に再現する。奇妙だ。錯覚か、幻視か。君はさらにもっと不思議な現象に出会う。

仰臥位になれば目線の先は自然と天井に移る。

真上から二十度ほど伏目の位置に、天井板に埋め込んである直径十三センチほどの、半円球の銀色に輝くブラケットに囲まれた室内灯がある。ブラケットは、凹面のカーブミラーとなって床面を捉え、中央に君の寝ているベッドがカーブに沿ってやや縦長に小さく映っている。

所在なく凹面に映るベッドを見ていると、間もなくそのベッドが足元の方に向かって動き出し、と同時に、ベッドの左右に白衣を着た人物が小さく現れ（右側は男性、左側は女性、両人ともドクターらしい）、姿を大きくしながら、ベッドの両側に沿ってベッドの動きと並行してスタスタと歩き出すではないか。

ブラケットの尽きるところ、つまりブラケットが天井板に繋がるところに来るとその影は消えるが、目線を元へ戻すと何回も何回も全く同じ映像が繰り返される。

瞬間、君はハリーポッターの映画を思い出した。魔法界の機関誌であったであろうか。写真に写っているポッターの亡き両親が紙上に飛び出し、生きているごとくポッターに話しかけるあの場面である。

錯覚ではない。まさしく幻視である。この幻視が以後二日続いた。三日目の朝、点滴の管を見ると、繋がれていた小さな麻薬系の小瓶が消えていた。君の永い生涯で初めて麻薬界の入り口の風景を垣間見た貴重な体験であった。

夕刻五時少し前、肛門からガスと一緒に少量の液状の排出物が出たのを感じた。君は術後第一便にしては早すぎると思ったが、第一便は知らせる義務があるので呼び出しベルを押した。日勤のＩ看護師が取り替えてくれた紙おむつには、少量の黒色泥状便がにじんで見えた。

それから二、三十分おきに同じような感触で肛門から液状の排泄物が排出するのを二、三回感じていたところ、七時過ぎに、あの双子まがいの二名の後期研修医が夜回診で顔を見せた。排泄回数から考えると就眠前にはおむつ交換が必要であろう。準夜勤務の看護師に八時に来室してくれるよう告げてほしい旨を君は研修医に依頼する。

ところが折しも八時近くになって、大量の泥状物が便意を伴うことなく、ひっきりなしにガスと共に排出し始めたのである。

泥状物は尻を濡らし、ガスは液状の排せつ物を潜り抜け股間をよじ登ってポコポコと下腹で破裂する。

あたかも水中で吐く息が気泡となって水面に上がってゆくあの光景を、君はまざまざと股間で感じた。

交換に来たK看護師の手にしたおむつには、黒色の泥状便があふれていた。

K看護師は異常事態と見た。即刻担当診療科に通報した。

おむつ交換は一回では済まなかった。立て続けに三回目の交換おむつを持参したK看護師を追うように、小柄な若い医師が来室し君の眼前に立った。

「消化器科の小山です。黒い便が出たという連絡があったもんで……」

と、一息置いて、

「まず、胃カメラから始めたいと思います」

この言葉が終わった瞬間は、K看護師が三回目の交換おむつをかかえベッド脇から立ちあがり病室の入り口に向かって一歩踏み出した瞬間と一致した。

K看護師が抱えている三度目の交換おむつは、黒色ではなく鮮赤で染まっているのが、否応なしに君の視野に飛び込んできたストップモーションの場面である。

小山医師と同道した二人の後期研修医と君。四人の動きがない瞬間の中で、動いた影はK看護師だけである。その影は小山医師の背後にあったとしても、おむつに付いている鮮血色はチラッと彼の視野をかすめたはず。まさしく下部消化管からの出血、術後出血に間違いない。

胃カメラから始めるというこの若い医師は一体何を考えているのだろうか。君は外していた目線を小山医師に戻し、思い切って、

「いまさら、胃カメラではないでしょう……」と言い切り、術後出血であろうから、まず

は大腸内視鏡検査から始めるのが常道、と、このあとの言葉は患者としては僭越と心得、心外だがグッと飲み込んだ。

入り口に磯村医師の影をチラッと見たがすぐ消えた。瞬間であったが、磯村医師のやや困惑した表情ははっきりと君の記憶に刻まれている。

君の言い草を聞きしばらく間をおいた小山医師は、無言のまま軽く会釈して病室を後にした。二人の研修医もそのあとを追い、病室には一人君が残された。

「これからどうなるんだろう。お前様は知っているはず……」

『イヤー申し訳ない。実のところ知らんのですよ。知っていることと言えば、お前様はまだまだ大丈夫としか……』

「佛は嘘はつくまい。じゃーこのままジーっと、待つとしようか……」

君と【知ってる佛】のやり取りがあって壁掛け時計を見ると、短針は十一時を指していた。

入院中の身である。対策をとってくれるのは当然であろうが、時が長引けば出血量も増える。最悪の場合は乏血性ショックもありうる。何とか早く止血の段取りをとってほしい。君の意識に焦燥が顔を出し、次第にいら立ちを覚え始めていた時、研修医の一人（以後A研修医と呼ぶ）が二人の看護師を連れてドヤドヤッと現れ、三人してエイ・ヤッと君の体をストレッチャーに移し載せ、「これからCT室に行きます。出血部位を確かめるためです」と声をかけ、小走りにストレッチャーを押してエレベーターホールに急いだ。

出血部位の確認だって！　出血部位は吻合部付近に決まっているじゃないか！　いまさら……、と思っても段取りには抗えない。抗えないことを承知しながらも、君のいら立ちはつのるばかり、次第に不機嫌になるのを押しとどめられなくなっていた。

造影剤が注射され、「大きく息を吸って、吐いてー、そこで止めてくださーい」君が特に要求した大声の掛け声に従ってCT撮影が終わり、ストレッチャーは再び小走りで廊下を駆け、エレベーターに乗って大腸内視鏡がある階に導かれた。

薄暗闇ではあるが見覚えのあるスペースの一隅に、煌々と明かりで照らされている一台の検査床が目に入った。

そしてその前に、内視鏡を手にしてスタンバイの姿勢でいる小山医師と、そのわきに、君が到着したら直ちに検査床に移せるように両手を広げて待ち構えている、双子に似たもう一人の研修医（以後Ｂ研修医と呼ぶ）を認めた。

あーやっと、此処に来られた……。一握りの安堵感がいら立ちが膨れ上がる速度にブレーキをかけた。

と同時に、夕刻七時過ぎから此処にたどり着くまでの四時間余の長時間が一瞬で掻き消え、早く出血場所を見つけて止血してほしいという一念が、君の心を埋め尽くした。

大型ディスプレイに映し出された大腸の皺壁《しゅうへき》は鮮血で染まっていた。洗浄水でその血液を洗い流しながら内視鏡は奥に向かって進む。

赤く染まった洗浄水は画面では勢いよく手元に流れ来る。つまり肛門に向かって流れ落ちるわけだが、その光景はあたかも谷間を流れる渓流を素足でさかのぼる感じだ。

その素足が止まった。どうやら内視鏡の先が結腸と回腸との吻合部位に達したようだ。

出血部を探るため内視鏡を小刻みに前後左右に動かしているのであろう、ディスプレイ上の画面は大きく上下左右にグラグラ揺れる。

　君の視野の下辺に両膝立ちでその画面を凝視している先ほどのB研修医の姿が映った。見ると、右手の人差し指をたて、指先を動かして、内視鏡の進む方向を指示しているように見える。と、急に四本の指を硬くたたきこみ、親指だけをニョキッと立て、指先を床方向にグイグイと動かし始めた。内視鏡を下方の奥へ進めろという合図と見た。と、アッ！　そこだ、と言わんばかりに親指の動きがピタリ止まった。画面も静止した。次いで内視鏡の先から止血鉗子が繰り出された。二個の止血鉗子でその部位にクリッピングが施された。画面は静止したままだ。しばらく間をおいてもう一個止血鉗子が繰り出され、二個の鉗子の近傍にクリップされた。止血処置が終わったようである。

処置開始からほぼ二十分の経過であった。

　ようである、としか君には思われなかったのは、ディスプレイ上で出血部位を自分の眼で確かめることができなかったためである。が、施術が終わったからには止血は成功したと思わざるを得ない。まあよかった、助かったと思う傍らで、しかし、本当に止まったのだろうか、大丈夫なんだろうかという一抹の疑念が頭をもたげ、いら立ちはそのまま残った。そのいら立ちを隠すように君は、ストレッチャーの上で、

「ありがとう。ご苦労様でした」

と大声で怒鳴り、病室へ向かった。


うす暗い病棟の、君の病室の前の廊下に、数人の人影があった。ストレッチャーが近づくと影は三人で、美瑛子と朝子と孫の紗英子であった。

この真夜中に家族が呼び出されたのか。心配をかけてあいすまんという想い。終わってみればなにも家族まで呼び出す事態でもあるまいし、という病院側の配慮を余計な気遣いだと歪曲した想い。

事態と言えば、君がたった今体験している術後出血はそうざらに起こる事態ではなかろう、まさしくアクシデントの類である。とすると吻合ミスか、それとも止血処置が不十分であったのか、という手術の巧拙にかかわる憶測。

それ等の想いが複雑に絡み合い、いら立ちは君自身が制御できなくなるほど膨れ上がっていった。

携帯のベルが鳴った。朝子は浴室に向かう足を止めディスプレイを見る。A病院とあった。

「早川朝子さんでいらっしゃいますね」

と女性の声。

「アッー、はい」

深夜に近い時間に一体何だろう。何か父の容体に異変！　テロップが電光のように眼前を駆け抜けた。

「こちらはA病院です。小山医師と代わります」

「早川さんですね。消化器科の小山と申します。実は真坂さんに術後の出血がありまして、これからその出血を止める処置を行います。こちらへ来られるかどうかはご都合次第ですが、とりあえずご報告までと、お電話した次第です」

「分かりました。ありがとうございます。すぐ伺います」

深夜近くの連絡は異変に違いない。ご都合次第どころではない。行ってこの目で容体を確かめねばと、階段を駆け下り美瑛子に知らせる。

美瑛子も入浴の支度にブラウスを脱ぎかけたところであった。

タクシーを呼ぶ。あわただしく外出の身支度をしている両人を見て、置いてきぼりにされては大変。紗英子も「わたしも一緒に行く」とタクシーに飛び乗った。

武漢ウィールス禍下の深夜近くである。道路は空いていた。ひた走る車中で、早く、もっと早く、と三人は心の中で合唱した。

美瑛子は、夫は絶対に大丈夫という信条を持っていたが、窓外に走る暗闇が影のようにその信条を曇らすのを懸命に払いのけていた。

朝子は兄の日出夫に事の次第をラインで知らせたが返信がない。電話をしたがベルは鳴り続けるままなので即時応答は諦めた。後日、君からこの時の車中での心境を聞かれ、朝子は心臓が口から飛び出しそうになっていたと語った。

紗英子は反射的に事の次第をラインでボーイフレンドに知らせ、揺らぐ心の支えとした。

折からの病院の厳しい入場関門を通り、のろのろ昇るエレベーターにやきもきしながら小走りでたどり着いた病室は空だった。廊下へ出て左右を見渡したが人影はない。どうしよう。三人が一様の心配を宿してしばし顔を見合わせていると、薄暗い廊下の端に小走りにこちらに向かって来るストレッチャーを認めた。

近づくと君が載っている。額に縦皺を作り険悪な表情であったが元気である。その様相を見るや、重いおもい心配の荷がどっと肩から落ち、張りつめた緊張が解け何か声をかけようと近寄った三人の前をストレッチャーは、「ヤァー」という三人を認めた君の声を残し、駆け抜けるように急ぎ病室に入っていった。

ヨイショとストレッチャーから病室のベッドへ移し載せられた君の胸に、男性の看護師が素早く心電図の電極を付け、右手の示指に装着型のパルスオキシメーターを、鼻には酸素吸入のカニューレを手早く装着し、君が「ご苦労さん」という暇もなく足早に病室を立ち去った。その手早さは、手荒さを感ずるほどだった。

なんでそんなに急ぐんだ、もっと丁寧に扱ってくれ、と不服に思っているところへ、家族三人が安心の笑顔で病室に入ってきた。

聞くと、廊下で小山医師から止血処置の説明を受けていたとのこと。その説明は数枚の内視鏡で撮った結腸内部の写真を見せながら詳細にわたるものであったので、安心に納得が重なったと、三人は口々に君に告げた。

君に笑顔はない。どうして俺には写真を見せてくれないんだろう。ディスプレイで見ているからそれで承知していると思っているんだろうか。傍らで、「わしらも見たかったよなー」と、【佛】たちのつぶやきが、君の不服を後押しし、いら立ちを揺すぶり。額の縦皺をさらに深く刻ませた。

点滴液がなくなったことを知らせる点滴調整機のベルがけたたましく鳴った。君は呼び出しベルを押した。が、看護師はなかなか現れない。不服が嵩じて、はた目にもあらわな怒気を含み、

「ナースステイションに行って点滴がなくなったと言ってきてくれ」

と命令口調で朝子に向かった。が、朝子はすぐには動かなかった。

君を載せたストレッチャーが病室へ入るのとちょうど同期して、隣の病室に看護師や医師と思われる数人が激しく出入りするのを三人は目撃し、何やらただ事ではない事態が隣室で起こっていることを感じていた。

朝子は君の怒気に一瞬たじろいたが、隣室の物音に耳を傾けながら、看護師は今は手いっぱいの状況で、ナースステイションに行っても無人であろう。とりあえず大事を通過した君をかまっている暇はなかろう。だからおいそれと、腰を上げられないのだという理由を穏やかに君に告げた。

廊下に向かって右隣になる隣室はナースステイションの真ん前にあって、廊下とはナースステイションから室内が透けて見える薄いカーテンで仕切られている。前を通れば否応なしに中の様子は目に入る。酸素マスクを着け、バイタルモニターに囲まれて臥床する白髪の重症らしき患者さんがいることは、君も承知していた。

病室で補聴器をつけると、遠く救急車のサイレンが間断なく聞こえてくる。救急車がこうもひっきりなしに来るとは救急外来も大変だなと最初は思った。が、注意すると間断は定まった間隔を持つリズムがある。サイレンに聞こえた音は、隣の病室の心拍モニターが発していることにやっと気づいたのは、この個室に移って二日目のことであった。

朝子の言い様を受けて君は補聴器をつけて耳を澄ます。待てど隣室からの心拍モニター音は届いてこなかった。心停止であろうか。

君が帰室した際、男性看護師の処置が素早く手荒に感じたのは、隣室の対応に追われていたためであったのかと気づいた。隣室は物音も途絶え静かになったようだ。君は臨終の床と察知した。

いら立ちの中にあったが、甍《みまか》った隣室の患者さんの魂に、【二人の佛】と一緒に心の中でそーっと合掌した。

偶然とはいたずら者である。安心と納得とで憂慮を追い出し心が晴れやかに軽くなった君の家族と、今しがた、肉親の彼岸に旅立つ際に立ち会い、悲嘆あふれる暗く重い心を抱き涙する隣室の、いわば全く対照的な家族とが、エレベーターで同籠の人となったのである。

目の置きどころに困り、息を殺した時間が、エレベーターののろさもさることながら、ひどく長く感じたと、後日君は美瑛子と朝子の語りを聞き、一入《ひとしお》その夜の追憶を噛みしめた。

一段落ついたのであろうか。君の危急に機敏に立ち回ってくれたK看護師が、平静の面持ちで、今夜は睡眠剤を服用するかどうかを尋ねに病室に現れた。時計の針は午前一時を指していた。

君は、止血後の再出血はないかどうかを、今夜は寝ずに自身で確かめるつもりでいたが、睡眠不足も体調に影響することを考え、思い直して催眠剤を手渡してもらう。

明け方、君は夢を見た。体育館のような広いスペースにベッドがびっしりと、しかも乱雑に置かれている。その中央のベッドに一人君が寝ていて、あとのベッドはすべて空っぽだ。動きのないこの静止画面が目覚めるまで続いた。

もしやあの薄暗かった大腸内視鏡の部屋に取り残されたのではないか、と、ハッと目を覚ましてあたりを見回すと、なじんだ個室の中であった。

そして見上げる点滴のキャスターには輸血のバッグが加わっていた。輸血は初めての体験である。君は、浅く、軽く、なんとなく、お他人さんの血が混じったんだと思った。

美瑛子と朝子と紗英子が帰宅したのは午前一時過ぎだった。道々の話柄は、もっぱら君の不機嫌さについてだった。

アクシデントが原因でいら立つのは分かるけど、あんなに怒ることはなかろうに。二度の突発性難聴の後は外界からの刺激が薄れたせいもあろうか、年を重ねることで人間が練れてきたせいでもあろうか、昨今は穏やかな人柄になっていたのに、今夜の不機嫌さはまさに怒りっぽい本性に戻った感じだと、ほぼ三人の意見は合致した。

反面、本性に戻れるということは、往年の気力を持つ元気さが残っている証左でもあるのだ。そこに気が付くと、さっきまで心を覆っていた杞憂の雲は払われ、三人は枕を高くして夢路に着けた。

三月二十八日

ヨッコラショとベッド柵に掴まって半身を起こし、恐るおそる点滴のキャスターを杖代わりにして洗面台に向かい、君は鏡面に映る己の顔としげしげと向き合った。

生気が乏しく、気力も窺えず、額には薄く縦皺が走る老けた顔があった。一夜にしてこんなにも形相が変わるものか、と、片手をあごに頭の重みを支え、しばらくは悄然として動けず、凝視した。

何処からともなく、「昨日は、怒りっぽい気性が勝った本性に還ったように見えたのに」、と、そんな声が聞こえたような気がした。

「今の声はお前様かい」

『うんにゃ、わしゃー　何も言うてはおらんよ。お前様の空耳、空耳じゃよ』

【知ってる佛】の返事だった。

空耳にしては語韻ははっきりしていた。つられてにわかに、心友である宮田氏の言葉が君の耳にツーンと蘇った。

三年前のことである。君の米寿祝宴での祝辞の中で、

「真坂先生の指導力は抜群だが、怒りっぽいのが玉に瑕」

言われてみれば、確かに教職員、学生を問わずよく怒鳴り飛ばしていた。現今ではパワハラとやらで訴えられているようだが、当時は、後年怒られたことが爲《ため》になったと多くの感謝の言葉を貰うので、君は努責も叱責もある意味では善施と思っていた。が、この宮田氏の言葉が、振り返って昨夜の怒りの正体を確かめる契機にもなった。

「人間の定義を知っているか」「ものを考え、二本足で歩く動物でしょう」「絶えず無駄をしている動物であるという一条を加えると、もっと完全になると思うね」井上靖の自伝的小説『北の海』にある主人公と教師との問答である。

常々、無駄があってこそが人生だと君は考えている。が、この問答を反芻するうちに、無駄には糧になるものとそうでないものとがある。悄然としながらも、振り返って考えれば考えるほどに、身勝手な動機に発する昨夜の怒りは糧にはほど遠い無駄であった。

無駄であったどころではない、家族の心情を傷つけ、自分の品格にも泥を塗っている、益することとは皆無の悪施悪業であることに君は思い至る。

「我昔所造諸悪業、皆由無始貪瞋痴、従身口意之所生（がしゃくしょぞくしょあくごうかいゆうむしとんじんち　じゅうしんくいししょしょう）……」修証義第三章に載る文言が心を射た。〝瞋〟はまさに無駄極まる怒りであったと、遅まきながら心底から懺悔する。と、鏡面の顔は、次第に九十一歳の老成普通人の面相に変わっていった。

その面相を見続けるうち、君の思考は、時を昨夕の七時過ぎに戻し、そこを起点とした今朝までの時の流れをゆっくり、推理を交えながらもできるだけ三者的に事態を反芻する旅に出ていた。

まず、黒色泥状便を異常と感じたK看護師は即刻関連診療科の医師に通報した。初体験であればその機転は評価ものだ。体験上であれば無作為の行為として職務上当然ではあるが、体験の層を厚くしたであろう。ここで改めてアクシデントの起点と、アクシデントの提供者は君であることを確認する。

通報を受けた小山医師は、黒色泥状便と聞けば上部消化管から出血をまず疑うのが臨床の常道であり、ナースステイションを素通りして喫緊に病室を訪れ、常道に沿って胃カメラ検査から始めることを君に告げる。が意外なことに、「いまさら胃カメラからではないでしょう……」という君の反発言に出会う。言われてみれば当該患者の病歴はまだ見ていない。

ナースステイションに取って返す小山医師を追って駆け寄る研修医たちから、患者は昨日内視鏡による結腸癌摘出術を受けたばかりであることを告げられる。病歴を見ると患者は医師である。そうか、ならばあの反発言はうなずけると思っている小山医師に研修医たちは、おっつけ事後の対策のスケジュールを進言する。進言を受けて、時間外で済まぬと言葉を添えて、出血部位確認のための撮影をＣＴ室に依頼し、自身はＢ研修医と共に大腸内視鏡検査の準備に内視鏡スペースに急ぐ。

そこから、マニュアルに沿って患者の容態を知らせるために、病歴からメモしておいた連絡先へ一報を入れるべく、交換台に依頼する。時計の針は十一時をまわっていた。

連絡先への電話では、術後に後出血があってこれから止血の処置に進む経過を説明し、危急の事態ではないので、来院はご都合次第であると付け加える。

A研修医は進言通りの止血対策スケジュールが決まったので、看護師の手を借りて君をストレッチャーに移し載せ、小走りに押してCT室へ急ぐ。造影剤アレルギーがないことを確かめ、患者は聴力障碍があるので声かけは大声でよろしくと技師に頼む。撮影画面から出血部は吻合部付近であることが確かめられた。

それを君に告げようとしたが、あまりの渋面に取り付く島もなく、止めた。大腸内視鏡検査の準備が整うまで暫時別室で待機したが、準備完了の合図を受け急ぎ検査室へストレッチャーを駆る。

小山医師は君の手術には立ち会っていないので手術内容の詳細は分からない。故に、立ち会ったA研修医とB研修医に内視鏡のリードをまかせた。が、内視鏡が吻合部に達しても一帯が血液に染まっているのでなかなか出血部位を同定できない。
「もうちょっと右へ。そこから奥へ進めて……ください」
A研修医は口で、B研修医は指で示す方向へ内視鏡を進めると、どうやらやっと出血部位に到達したらしい。

洗浄液で洗うと、チョコ・チョコと血液が噴出している小さな出血孔が見つかった。小山医師は急いで二個の止血鉗子を繰り出し、その部にクリッピングを施した。止血を確認するためしばらく画面を熟視する。出血は止まったが、念のためもう一つ鉗子を繰り出して当該部にクリッピングを施し、止血処理を終えた。一同はホッと息を吐いた。画面から目を離した君も同調して大きく息を吐いた。

病棟は、術後出血というアクシデントを抱えた患者と、その隣室の臨終を迎えた患者との同時対応で猫の手も借りたい状況だった。が、看護師たちは手順に従った粗相のない対応でこの繁忙を切り抜けた。状況は時間と共に去り、深夜の病棟に静寂が戻った。

君はしばらく座っていた腰をドッコイショと持ち上げ、ベッドに戻って仰臥し、ぼんやり天井を見上げていると、ヒョッコリ小山医師が現れた。

「良かったですね」

「お陰様で。ご面倒をかけました。ありがとうございました」

お互い、笑顔の交換であった。

しばらくして二人の研修医が現れた。


「良かったですね」

「お陰様で。ご面倒をかけました。ありがとうございました」

同じ会話の、同じ笑顔の交換であったけれど、研修医に返した言葉にはある想いが籠められていた。

昨夜、この二人の研修医が居なかったら事態はどう展開していただろうか。通常、推測は悪い方に傾きがちである。今、ここにこうしていられるのは、二人の気転と実行の賜物であると、言葉には深い感謝の念を籠めていた。


そして君は考えを深めた。

昨夜、君のアクシデントにかかわった人々の居所。それはまさしく、因と縁という場で括ることができるのではないかと。

因には果が付く。アクシデントが因であれば、それぞれの立場での職分に応じた経験の重積は果になろう。

看護師は、繁忙対策の手順の繰り返しに、看護技術の円滑さに一段と磨きがかかったことであろう。

小山医師は自信の輪が深夜の体験で広がったであろう。

二人の研修医にとっては、即決即断を求められる臨床問題を突きつけられ、知識のネットワークをフル活動し、そこから導いた答えを実践の行動で示した結果は正解であった。主治医も担当医も不在の留守番役としての責任はしっかり果たすことができた。振り返って貴重な臨床体験であったと、改めて研修の意義を噛みしめたことであろう。

君の因が在って、因にかかわる人々が縁で集まり、因から生まれでる果が人々の理と情を肥やしてそれぞれの職分に基く生きざまを一段と高みに導く。

君は臨床家の心得として、〔臨床家にとって真の師は目の前の患者さんである〕と言い続けてきたことと、〔在る〕という実在に、とことんこだわって考えを進める。考え着いた先に、〔自己は他者のために在る〕という言葉に行き着いた。

『経験というものは、己の爲にする事ではない。相手と何ものかを分かつことである』観念的にしか捉えていなかった小林秀雄のこの言葉が、いま、実感を伴って肝に焼き付き、行き着いた言葉の支えになった。

〔自己は他者のために在る〕

行き着いたこの言葉はえらく多義性に富んでいるが、自分はできる限りこの言葉に沿った後生を送ろうと、君は自分に言い聞かせた。

『えらい！　それは利他に通ずるいわば菩薩行だよ。お前様の心境は、悟道に近づいたかな』

【二人の佛】が口を揃えた。

「ありがとう、ありがとう。でもそんなにおだてなさんな。

まだまだ先は永い。修業は続く。

ところで【知らぬが佛】さん。これからも知らんぷりして後生を楽しませてくださいよ。

頼みましたよ」

と君が言うのに、

『はいはい、引き受けました。

知らんぷりはお手の物、お任せあれ。でも先は永いー、か、どうかは知らんよ……』


こんな考えと、やり取りと、臥床を強いられるうちに、二日が過ぎた。君は、乏血と絶食とでめっきり体力がそげたのを自覚した。

三月三十日

後藤医師は関係学会の研修会で二日間東京を留守にした。吉田医師は家庭サービスで週末を過ごした。ともに土曜と日曜の二日は病院に出勤していない。君のアクシデントを聞いたのはこの日、月曜のことだ。

主治医、担当医としては君のアクシデントに立ち会えなかった理由はある。だが、立ち会えなかったこと自体に対しては若干の後ろめたい気持ちはあった。

研修医の報告によると出血は術後まる一日を経過してからのハプニングであり、出血部位は吻合部付近であったという。止血処理は万全であったはずだ。出血は手術の齟齬ではないと自信を持って言える。故に、偶発的なハプニングとしか考えられない。

偶発的なハプニングであれば、おそらくこういうことではないか、推測にしてもそれが最も妥当な解釈だと考えた。

つまり、普段はほとんど機能していない微細なバイパスのような毛細血管に、手術によって変化した該部の循環状態に伴って血行が再開し、その結果起こった出血ではなかろうかと。

そうに違いない。であれば、出血は吻合部の循環状態が健全に機能している証しであり、術前に案じていた吻合部以下の結腸のfeederが残っている、列記とした証しでもある。意見を出し合った結果、二人の医師の見解は合致した。

二人の医師はこもごも君の病室を訪れ、出血の原因とその意味する合意見解を説明した。

君は聞くほどに、ああそういう見解もあったのか。受傷した身はつらかったけれど、これも二人の医師に思考・見解を与える因になったのかと思うと、素直に正直に、なるほどな、と納得した。

納得したとは、術後出血はアクシデントではなく、通常の予測範疇にはないが、起こるべくして起こったハプニングであり、医師としてまた患者としての自分史の中に、貴重な体験の物語として刻まれるであろうと認識したからである。

一方、物語の片隅に住む［心・身の乖離《かいり》］の芽はしおれることなくこの体験を糧として遅々ながら成長していることも意識の中にあった。老年になって芽生えた［心・身の乖離］の苦悩は死の間際まで続くだろう。修証義第一章総序の冒頭句、

［生《しょう》を明《あき》らめ死を明らむるは佛家一大事の因縁なり］

この句の真意をチラッと垣間見たように君は思った。

『ああ、そういうことだったんだね。知らなかったー、けど、お前様はまだまだ大丈夫だ、ということだけはちゃーんと知っていたんですよ』

【知ってる佛】も言い訳がましい文言をつけて納得した。

君は、数日前から服薬に加えられた抗凝血剤が、術後出血に何らかの関わりがあるのではないかという疑念が拭いきれず、「バイアスピリンという薬は怖いですね」と何回か二人の医師に誘いをかけたが、「うん」とも「さー」とも、君が納得できる返事は貰えなかった。ならばやはり関係があると解釈し、君は申し出て服薬処方からバイアスピリンを抜いてもらいたいと要請した。後藤医師も君の意をくみ同意した。君がひそかに抱いていたバイアスピリンの恐怖の仮縛からは一刻、逃れることができた。

両足がパンパンにむくんできた。圧痕性浮腫で、圧痕がなかなか戻らないスローエデーマだ。心不全の徴候ではなかろう。とすると輸液超過か。後藤医師は君と相談して利尿剤に頼ることになった。

三月三十一日

日勤の担当看護師は顔見知りのI看護師だった。

「今日はちょっと歩いてみましょうか」

君は時間を打ち合わせて廊下に立った。右手に杖を持ち左手を腰にあてがう。I看護師は左手に点滴キャスターを持ち右手は車いすの左のアームレストを掴んで引っ張り、転倒防止のため背後から付き添う体勢で廊下一周を目指して二人は歩き始めた。

歩き出して君は感じた。不安定に加えまさに牛歩に似た遅さだと。さらに四日間の臥床がかくも脚力の減退に繋がるものかとも。

「足を高く上げましょう」

I看護師の掛け声に同ずることもできない引きずり足の歩容である。足は重く鉛を含んでいる。周回の折り返し点である廊下の突き当りの出窓の枠に腰を下ろし、しばし息を調え、両足をさする。復路もやっとの思いで病室にもどり着いた。歩けた達成感より、情けないという感傷が先立った。

老人は三日寝たら、歩行訓練を積んでも以前のように歩けるようになるのには一週間から十日はかかる。臨床講義では学生によく言ってきたことだ。君は今その文言を実体験していると心底で感じていた。

「弾性ソックスを履くように指示がでました」「そうですか」という返事も待たず看護師は、君の膨らんだ足をギュウギュウ、ソックスの中に押し込んだ。

夜中に、緊迫感を通り越して両足がギリギリ痛みだした。

指示とはいえ睡眠障害になると苦情を言って脱がせてもらう。看護師は、では氷嚢を持ってきますと言って、持ってきた氷嚢を両足にあてがった。炎症ではあるまいし冷やして痛みが取れるものかと、疑うままにしばらくすると、不思議に痛みが治まり、眠りについた。君には初めての経験だった。

日中、あの二人の研修医が現れた。今日で下部消化器外科の研修を終え、明日からは上部消化器外科へ移るので挨拶に来たという。笑顔での挨拶である。思わず心は二十七日の深夜に飛び、その情景を瞼の奥に再現しつつ、

「いろいろお世話をかけました。ありがとうございました」

君は手を合わせ、病室を後にする終生忘れえぬ二人の姿、まるで双子を思わせる童顔の、

光輝く目を持った丸っこい影を見送った。

四月一日

「今日から担当になりました」

と現れた後期研修医は、昨日別れた二人とは対照的に、背丈は君をしのぐ高さの、物腰も年齢相応に見える成熟した女医と、男性医師の二人であった。

男性医師は床頭台に開いて置いてあるゲラ刷りの原稿に素早く目を付け、「ほー、臨床推論ですか。本も出されているんですね」と、カルテで承知した君の職柄を確かめるように、一人頷いた。

この日から、夜回診で現れる二人の研修医と、二、三分の短いながらも交わす臨床談義を楽しむようになった。

病棟の廊下の消灯は九時である。ドアの下の隙間から漏れる光が消えるのを合図に、君も寝支度にとりかかる。

洗面台に向かい、折り畳み式の木製の椅子に座ろうとして腰をかがめた時である。身体の一部がガツンと音がたつほど座面の縁にぶつかった。なんだろう、思わず両手を股間にあてがう。

手掌で支えたのはなんと、巨大に膨れ上がりカチカチに固まった己の睾丸であった。鏡面には、驚き慌て、渋面で立っている［信楽の狸］が映っていた。

またもや新たなアクシデントと思い、呼び出しベルを押す。看護師は状態を見るでもなく、君の訴えを医師に告げると言って去った。そのままの姿勢で待ったが一向に医師は現れない。

しばらくして、「皆さん下へ降りてしまって今夜はお見えにならない」と看護師が告げに来た。

下とは研修医の宿舎であろうか。仕方がない。幸い痛みはないので、そーっと手で支えながら床に就いた。原因は何なんだろうか、しきりに考えたが、夢はその答えを教えてくれなかった。

四月二日

朝回診に見えた白川部長に、早速、睾丸の腫れを報告、原因を尋ねた。

「大丈夫です。だんだん小さくなりますから」

言外にルーチンの現象であることが匂う笑顔の回答だった。

後藤医師にも食い下がったが、同じ回答であった。

とすると内視鏡手術で、左鼠径部近くに明けた穴で行われた術中の操作が原因して、睾丸の循環状態に異変が起こり浮腫が発生したということか。

ならば時が解決してくれるだろうと一旦は承知したものの、足には鉛を含み、股間には［信楽の狸］を従えながらの歩行訓練は並大抵のものではなかった。君はこれも初めての体験と諦め、奮戦した。

病棟内歩行移動が許されたので、この日、廊下一周回を介助なしでの独歩を試み、やっとの思いで達成した。


この日、［ご入院中の皆様、ご家族の皆様へのお願い］という文書が配られた。

新型コロナウィルス感染対策で面会禁止などのお願いをしているが、必ずしも十分な効果を上げているとは言えないので、重ねて次の事項をお願いしたい。
●入院患者への面会は原則禁止
●入退院の付き添いは一人に限定
●入院患者については、外出・外泊の原則禁止。検査等の必要時を除き、セキュリティーゲート外には出ない。

●大人数での回診は控えているという内容のものに、病棟の入口セキュリティーエリアは二十四時間施錠させてもらうという病棟独自の決まりごとが書かれた文書が添えてあった。厳重である。ニュースを見れば世情は騒然としている。これが守られれば安心と思う反面、家族との再会は退院してからでないと叶わないのだな、とも思った。

本来の予定では、今日は退院して慣れた自宅のベッドで夢路についているはずだったのに、と思う傍ら、予想もできなかった「信楽の狸」を宿す新たな経験を加え、君は今日までに重層した体験を詳細にたどりながら眠りについた。

後日談になるが、君が退院してから二週間ほどして、

「信楽の狸は郷帰りしましたか」

と後藤医師。

「いいえ、中狸くらいになりましたが、まだ居座っています」

と君。こんなメールのやり取りがあった。

「長居してお世話になりました。さよーなら」と狸が信楽の故郷へ帰ったのはそれからなお、一か月半を過ぎた頃であった。

四月三日から五日

術後フォローの諸検査や歩行訓練に明け暮れた。面会人はもちろんいない。

ゲラ校正の締め切りが九日に迫っていることを意識しても、長時間考え、筆を走らせ、床頭台に向かう気力がなく、体力の消耗がこれほどまでもモチベーションに影響を及ぼすものかと嘆きながら、日の大半を床上仰臥位で時間を追った。

四月六日

体重の数値が変わらない。足の浮腫みはそのまま。補液を絶ち、利尿剤を倍量にして、やや排尿回数が増えたものの、水気はまだ追い出せていない証拠である。担当医も研修医もその事を気に病んでいるらしく、退院の話は一向に出ない。

廊下周回が途中で休みながらも三周回できるようになったのを味方に、君は九日に退院の希望を申し入れた。渋々ながら、患者は医師だから退院後の心得はあるだろうと、主治医から許可が出た。

食事は全粥が配膳になっていた。魚か鶏肉が主菜。それに煮物とサラダとみそ汁がついた一汁三菜の膳である。

が、減塩食で味がなく、主食の全粥はどんぶり一杯の盛り付けで食思を引かない。君は、申し訳ないと詫びながらも毎食四分の一程度しか箸をつけられなかった。結果、益々体力は日増しに衰えるのを自覚した。

四月七日

勇を鼓してゲラの校正に手を付けた。

約百ページに目を通し参考意見を添えたところでさすがに疲れを感じ、残りは明日の作業に送って午前中は終えた。

午後遅く廊下へ出ると、二十七日の夜、術後出血の止血処理を終えて病室に戻った君に、手荒に思えるほどのスピードでバイタルモニターの端子を装着した男性看護師とばったり顔を合わせた。すでに顔見知りになっていたので、気軽に、

「明後日退院することになりました」

と告げる。

「ええ、ほんとですか、そりゃーよかった、よかったですねー、本当に！　おめでとうございます」

大きく破顔し、目をまん丸くして返された態度に、君は、ちょっと大仰すぎるんじゃないかと、驚きと戸惑いを伴ってなんとなく心に引っかかるものを感じた。

四月八日

明日退院できると思うと君の心は浮き立った。午前中、浮き立つ心を加勢に、残り百ページ余の校正を終え、約束は果たせたとホッと一息ついた。ゲラをゆうパックに収める。

せっかちは君の性分である。昼食を待たず荷物のまとめにかかる。当初の二泊三日の入院支度に、延引した入院に必要だったものを加えても、手提げバッグと風呂敷包み一個に納まった。

パジャマを脱ぎ、入院時の服装に着替えてみる。ジャケットがちょっとブカブカになったかな。鏡面を見ると九十一歳の痩せ細った老骨の紳士が立っていた。むくんだ足が履いてきた靴に入るだろうか。紐を全部ほどいて履いてみると何とか足は収まった。これで退院の準備は整ったと、君は一人大きく息を吐いた。

午後、病室の窓から一望にある目になじんだZ大使館の庭の芝生の緑が、ひときわ目に沁みた。スケッチに残そうとボールペンを手にした。が、恰好なスケッチ用紙がない。手にあまる数々の同意書の一枚を取り出し、その裏の白紙を使うことにして床頭台に置く。久しぶりのスケッチである。日出夫が病室に置き忘れた消せるボールペンを幸いに、書いては消し消しては書きを繰り返し、まあまあ満足できる一枚を書き上げた。個室の壁のマグネット板に貼り付ける。

I看護師、K看護師が、君の明日の退院を知ったのであろう、良かったですね、と次々に挨拶に現れた。世話になったことと丁寧な挨拶に、手を合わせ感謝の言葉を添えて応えた。

四月八日
待ちに待った退院の日である。
朝回診に来られた白川部長にマグネット板に貼ったスケッチを指さして、

「病室ギャラリーの展示物を見て行ってください」

と君が促すと、どれどれと壁に貼られたスケッチを見てから、その風景を確かめるように窓に向かい、振り向きざま、

「貴方は目もいいんですね」

と笑顔で君に応じた。

助詞の［も］は物事を並列で述べる時に使うのが通常である。さて部長が言葉になかった［目］の並列は何なんだろう。君は勝手に［頭］［体］を置いてみたがもう一つピンとこない。未だにその答えとなる言葉は見つからないままである。

朝食を終え、早々と退院の身支度を整え、ジュースや番茶の空き缶をデイルームに備えてある所定のゴミ箱へ入れようと病室を一歩出たところで、左隣の病室から出てくるストレッチャーと鉢合わせをした。

ストレッチャーの人の顔は白布で覆われているのが目に飛び込んだ。

今朝がた薨かったのか。

そういえばこんな情景を思い出した。

患者さんのご夫人であろうか。病室の入り口のドアを背に、浮かぬ心配そうな面持ちで、長々と携帯で話されていた姿である。君が廊下を二周周回してもまだ、ドアを背にして携帯で話されている夫人の姿が、二日前も昨日もあったことを。

入院中に両隣の個室の患者さんが薨かった。

右隣の病室はナースステイションから直接監視できる位置にある。そのすぐ隣にある君の病室は、準監視体制下に置かれる重症患者のための病室であったのではなかろうかと。退院の日に、左隣室の患者さんの亡骸を載せたストレッチャーと鉢合わせしたことで、にわかに君は気が付いた。

準監視体制下の病室に入院した患者が、偶発的なハプニングを乗り越え、老骨ではあるが独歩で退院（生還）する、誠にめでたいことだと心底から祝ってくれる想いが、あの男性看護師の相好を崩し、大仰にも見えた笑顔の奥にあったのか。

二人の看護師がわざわざ病室まで来てくれ挨拶してくれたのも、そういう背景があったのであろうかと君の思慮は行き着き、一入の感慨と幸運に、感謝を籠めて納得した。

退院予定時に指定した午前十時に、一人の限定枠の付き添いとして朝子が病室に到着した。一時間待たされたが退院持参薬が届かない。君のいら立ちがまた顔をだし始めた。

「こういう時は、予定の時間に発っていれば交通事故に遭っていたかもしれない。遅れたために事故に遭わないで済んだと思うことにしている」

朝子が君のいら立ちを両手を広げて塞いだ。君は朝子の言い様に従って思い直しグッと堪え、無駄なことはせずに済んだと自分に言い聞かせ、恩に着た。

君は見栄っ張りだ。無理をしてでも恰好を付けた足取りで病院を後にし、迎えに来てくれた美佐子が運転する車の人となった。

十一時を過ぎていた。予定通りなら今どきは帰宅していて、昨日美瑛子に注文しておいたスクランブルエッグとコーンスープと、たっぷりバターを塗ったエピ（君が好むバケット風のパン）に舌鼓をうっているころ、と愚にもならない思いを払いのけて、君は携帯を取り出し、

「今、車に乗った。安心して待ってて頂戴」

と美瑛子に電話を入れる。

蒸し暑い日だった。入院時の冬装束では暑さを感じ窓を開ける。

娑婆の空気が快く頬を撫でた。折から空いている道路を加速する車に揺れながら君は考えた。

常々、病気の体験は医師にとっては勲章ものだと言ってきた。今回は数多くの初めての体験があり、勲章の数は思いのほか増えた。飾られた胸の重さも引きずるほどだ。

一回目の突発性難聴に見舞われた体験は［にわか聾顛末記］と題した闘病記で残した。今回の数々の体験も闘病記として残そうと決めた。

門前に着いた。ここから十四年前はスタスタと足取りも軽く家に入れた。今回はそうはゆかない。気は焦るが足が許さない。

君は杖を頼りにヨタヨタと家に入り、まずは洗剤でよく手を洗いさらにアルコールで消毒し、丹念にうがいをし、寝室を兼ねた書斎に足を入れた。

想像していたのとは見違える広さと、清掃して新築と見まごうほどの清潔さに感動した。

君は、その感動の場に立って、大げさだが、「九死に一生を得た」という心魂玉を爆発させながら、

「帰って来たよー。心配をかけて済まなかった」

と、耳元にささやき、強く、激しく、思いっきり美瑛子をハグした。

押しつぶされそうになった【知らぬが佛】と【知ってる佛】は思わず叫んだ。

『痛テッ!!』

その声は、しっかり、私の耳に届いた。

完

# にわか聾《ろう》顛末記

## 突発性難聴闘病記

## 2016年（平成28年）「にわか聾顛末記」

| 月日 | 曜日 | 出来事など |
|---|---|---|
| 7月5日 | 火 | 早稲田大学オープンカレッジでA講師の『正法眼蔵・渓声山色の巻』前期講義の最終日 |
| 7月6日 | 水 | 右耳の閉塞感が少し強くなったのに加え、多少の不安感が湧きはじめた |
| 7月7日 | 木 | 聴力検査の結果は突発性難聴。夜中に後輩のO医師がステロイドを届けてくれた |
| 7月8日 | 金 | 無音の世界の住人になった最初の日。午後からは完全聾の状態に陥った |
| 7月9日 | 土 | 聾者二日目。M先生に、ものの気配を全く感じなくなったことを書いたメールを出した |
| 7月10日 | 日 | 参議院選挙に行く。ラインの便利さに脱帽、孫に感謝。字幕つきの大河ドラマを見た |
| 7月11日 | 月 | 聾者四日目。騒音に近い電動芝刈り機のモーター音は今はどこかに消え失せた |
| 7月12日 | 火 | 常磐津の師匠と新内小唄の家元に稽古見合わせ願いの書状を送った |
| 7月13日 | 水 | 聾者六日目。明日の耳鼻科診察日への期待と不安の一日 |
| 7月14日 | 木 | K先生の診察。[即入院・点滴]とボードに書かれ個室に入院。漱石の『門』を読み就寝 |
| 7月15日 | 金 | 朝食前バイタル正常、血糖値94。美瑛子、美佐子が来室。夕食前血糖値125 |
| 7月16日 | 土 | M先生の大声が人の音声として認識できるようになった。朗報と記した |
| 7月17日 | 日 | 昨日より聴力回復と感じる。朝食前血糖値81。午後5時美佐子来室。夕食前血糖値165 |
| 7月18日 | 月 | 空腹時血糖値77見事。午後日出夫来室、墓所を決めたと伝える。夕食前血糖値160 |
| 7月19日 | 火 | 無音の世界から有音の娑婆に戻れた。朝子からのラインで美瑛子入院を知る |
| 7月20日 | 水 | 朝の血糖値85見事。午後就職内定した紗英子来室、会話の成立を喜んでくれた |
| 7月21日 | 木 | TVの音量30でアナウンサーの話す内容50％半聴。心の中で万歳三唱 |
| 7月22日 | 金 | 退院日。空腹時血糖値91。美瑛子、アキレス腱の手術日（成功）。総菜屋で会話成立 |
| 7月23日 | 土 | 昼過ぎ、美瑛子に会いに日出夫とR大学付属病院へ。顔を見るのは8日ぶり |
| 7月29日 | 金 | 日出夫夫婦、朝子・紗英子、翔太夫婦、家族総出で美瑛子の寝室を一階の食堂に移す |
| 8月13日 | 土 | 美瑛子祝退院。ほぼ1か月ぶりに家族全員が揃った |
| 追記：2018年再び右耳が突発性難聴に襲われた。 | | |

2016年7月5日（火）

梅雨明け前にしては、真夏を思わせるような、ばかに暑い日だった。

その日は早稲田大学オープンカレッジで、A講師の『正法眼蔵・渓声山色の巻』の前期講義の最終日であった。

前半生で、仁義にもとる裏切り行為にあった時に、裏切り者の命を奪おうとまで追い詰めた執念を、平常心に戻してくれたのは禅であった。同時に手にしたのは、道元禅師の筆になる【正法眼蔵】である。

古来、最難解と言われている本書の内容を、通読しただけで解けるはずはない。いつしか積ん読だけの全集とはなった。が、それでもいつでも取り出せるように本棚の中央に飾った。

齢八十を数え、世間的な諸役から解放され、時間を自由に使える身になったので、本格的に【正法眼蔵】に取り組んでみようと心を鼓舞し、早稲田に通い始めた。

八十歳まではついぞそんな感じは覚えなかったが、その後は歳を重ねるごとに脚力の衰えを感じるようになり、八十歳半ばを過ぎてからは、足には鉛を呑んだような重さが加わり、衰えの速度は、歳ごとに倍加するように思えてならない。

歩幅は狭くなり速度もだいぶ落ちた。［老人性小幅歩行］である。

臨床講義ではくわしく説明した歩容も、現実に我が身のこととなるとなんとももの寂しい。若い人にどんどん追い越される。

こんちくしょうと思って、歩速を速めようとしても、姿勢がますます前かがみになるだけで、一向に速度は上がらないどころか、自分でも気づくぐらいの、老人特有のかがみ腰で歩く姿が、商店のショウウインドウに映る。黄昏の気分だ。

年金生活に入って余計な出費を抑えるために車を売り、そのことが最寄りの小田急線の駅までの往復は、選択肢ぬきの徒歩と義務づけ、訓練だと自分に強い、歩行の自由度だけは保ちたいという誓いもお題目だけで、所詮老化という常には立ち向かう術はないものだと思い知らされる。たった二区間の短い距離でもバスを利用する回数が増えた。この日もバス停でバスを待った。

バス停につくと、思いのほかすぐに、ほぼ百メートル先の四つ角に路線バスが顔をだした。そのおかげで予定より十分前の急行に乗れた。

新宿で乗り換え、高田馬場の駅先に停車している早稲田大学正門前行きのバスに乗り込んだのは十二時半であった。

バス停の前を横切る横断歩道には、中ほどに喫煙広場があり、その広場の駅側に近く時計塔が立っている。その時計の文字盤が丁度、バスの優先席からちょっと見上げる角度の窓外に位置しているので、優先席に座れた時は、発車前に文字盤に視線を移すのが半ば習慣になっている。

その日はいつもより五分ほど早いな、と感じていたことを、いま改めて振り返ると鮮明に思い出す。と同時に、そうだ、その時、右の耳にごくごく軽い閉塞感を感じ始めていたことも。

教室にはすでに聴講者の半数余りが席についていた。

間もなく講義開始の午後一時になるので、聴講に備え補聴器を装着したが、何となく聞こえが悪い。ハウリングの音も心なしか小さい。電池は数日前に交換したばかりだから電池切れのせいでもなさそうだ、と納得する。

Ａ講師はいつもの通り早めに来られて、講義前に教室の空気を和ませる、いわば枕のようなお話も聞き取りにくい。耳垢でも詰まったかと思い、補聴器先端の小さな穴を専用掃除器で突っついてみても変化がない。

まあいいか、と、その場はあまり気にせず、録音を後でじっくり聞けばいいことにして、録音機のスイッチを入れる。

講義は多少聞き流すことにした。というのは、本文解説は毎回配られる緻密な配布資料を朗読されるのが主なので、持ちかえって資料を精読すれば大体の意味はつかめる。問題は話が本題よりちょっと横道へそれた時のひと言・ふた言が、私にとっては本文の解釈を深めてくれる、言霊をも含んだ貴重な言辞となる。先生が資料から目を離し、話のリズムが変化したときに開かれる言葉だ。

この日は特に、その間に限って聴力を集中せざるを得なかったことの覚えが残っている。

その日のひと言は「非思料、無分別後得智《ごとくち》」であった。無は有の対語としては無ではなくなる。だから非だ。成人の無分別は赤子のものとは違うので後得智となる。禅は不立《ふりゅう》文字《もじ》を説くが、俗人はやはり文字から認識しないと禅は理解できないと思うのだが……。文字に対する拘りは抜けそうにない。

その日、A講師は講義の終わりに、坐禅中の心境についてちょっと触れられた。

坐っていると、自分を囲む宇宙が次第に広がっていく感じになる。コツは半眼で視点を定めないようにすると、この心境が現れやすくなるとも。隣席の自分より早く席を立ったTさん（座禅会でのお仲間）に、座ったまま見上げる格好で

「どうですか、広がりますか」

と、尋ねてみたが、

「いえ、いえ、そんな、とても、とても……」

と、いう返事。お互い、俗人を確かめあったようであった。

A講師をお茶に誘った。目的は、その日頂いたひと言に対する自分の解釈の正否の確認

である。で、その目的は達した。

だが喫茶店の、われわれ以外に客はなく静かな空気の中でも、A講師との対話中は、右手で右の耳介を押しあてて前方に押し出し、さらに、耳孔を先生の口元へ向くようにしていないと、はっきり聞き取れない状況が終始したことは、何か右耳がおかしい、聞こえ方が落ちたかなという疑念を生む発端となった。

そしてこの兆候がそれから二日後に、聴力を完全に失う前兆であったとは知る由もなく、まったく慮外のことであった。

何人たりとも、一秒さきどころか明日という未来を予測することはできない。ただただ持続の連続あるのみだ、ベルクソンの言葉がよぎった。

**2016年7月6日（水）**

起床時は昨日の聴力の程度は維持していて、特に変化は感じなかった。が、右耳の閉塞感が少し強くなったのに加え、多少の不安感が湧きはじめたので、とりあえずは以前診てもらったことのある近医の耳鼻科の診察券を探しだし、診察日を確かめると水曜は休診とあった。

現在の主治医のK先生の予約診察日は二か月先である。それまではとても待ちきれない、という病識は次第に強くなってきていた。そうだ、K先生の外来は木曜日にもあったことを思い出し、早速病院に電話して、明日のK先生外来に予約外診察の申し込みを済ませた。

この日の聴力は昨日の程度のままで日が暮れた。聴力に変化を感じない安定ぶりから、たいしたことではないのかな、という安心感は不安を少し押しのけた。自分も例外ではない世の常《つね》の人情と、自分を自分で落ち着かせた。

2016年7月7日（木）

七夕の日である。

病院には9時半に着いた。二階にある耳鼻科外来受付で、所定の診察申込用紙の日付を書く欄でちょっと躊躇《ためらって》いると、

「今日は七夕ですよ」

と、受付嬢が笑顔で教えてくれた。

受診理由には、右耳の急速な聴力低下と書いた。

廊下の待合椅子に座る間もなく聴覚検査室に呼び込まれた。検査後は再び廊下の待合椅子で待つように指示されて待機していると、しばらくして外来の入り口にK先生が姿を現し、目線で診察室に入るよう促された。

先生が直接患者を呼びに外来入り口に姿を見せる情景は、自分はこの病院で見たこともないし、また滅多にない光景でもあろう。その時の先生の表情はやや緊張気味で明るさはなく、これは何かあるな、という謎めいた直感的印象が脳を横切った。

「だいぶ傷害されていますね」

先生の第一声であった。

聴力検査の結果を見た先生は、マイクで呼び出しても聞こえまいと判断されたのであろう。わざわざ外来入り口に自分を呼び出すために顔をだされた謎が解けた。残念ながら自分の直感も外れていなかった。

右耳に耳鏡を挿入して診られてすぐ、

「突発性難聴です」

と、診断を下された。

意外であった。自分なりの臨床推論では想起していなかった病態だけに意外であった。

そして壁に立てかけてあるファイル綴りから二枚のプリントを取り出され手渡された。

一枚は突発性難聴の病態について、もう一枚は治療方法に関する先生自作の解説書であった。


診察室には、長くて黒いゴム製のチューブがシャーカステンの横にぶら下がっている。チューブの一端は音声が送れるように、検者が口にあてがう形になっていて、反対側の端は耳栓の形になっている。後日教わったことだが、この管は「伝声管」と言って潜水艦で使われていたものだという。

先生はそのチューブを取り上げて、耳栓になっている端を自分の右の耳に差しこむように指示された。そして
「聞こえますか」
と、声を送ってこられた。

子供の頃、ボール紙で作った二つの円筒を紐で繋げて電話ごっこをしたものと同類の形である。でも、このチューブを伝わる音量は外に漏れることがないので、音声を送る側は、音量の大小、高低の条件を調節できるし、検者は被検者の判聴できる状態の程度によって、同時的に被検者の聴力の損傷程度をプロの直感的判断につなげることができるらしい。

先生から送られて来る音声は比較的明瞭に聞こえ、会話は中断することはなかった。

先生はチューブを口元から外され、もう一度聴力検査の結果に目を落とし、表情をちょっとやわらげながら、

「まだ障碍六級まではいっていないな」

と、言われた。

次に治療の話に進んだのだが、プリントにあるステロイドの文字をマーカーで囲まれ、ちょっと首をひねられた。永い受診歴から、自分には持病として境界型糖尿病（食後高血糖）があることを先生は周知されていて、

「ステロイドは使わないで……、そうね、プロスタグランディンだけにしておこう」

と、ビタミンB12を加えた一週間分の処方を組まれた。

プリントの病態の説明の中で目に留まったのは、［原因は内耳の脳卒中］という記事である。自分の病態を直指されている感じでドキッとした。

治療のくだりでは、［重症の場合は入院の上ステロイドの点滴。治療開始は発症後三週間以内。それ以後になると予後は悪い］とあったが、当面はその範疇ではなく、ダメージの底は、まあいまの程度の深さであろう、という含みを感じる先生との目線の交換で納得し、一週間後の再診を告げられて外来を後にした。

予測していたより早く正午前に帰宅できた。美瑛子はキッチンで何か忙しく動いていた。自分は帰宅してまず美瑛子と顔を合わせた時、第一声として、「で……、どうでした、結果は……」という声かけを期待し、本心でそうして欲しかった。でもその声かけはなかった。

この日は補聴器をつけなくても、家庭での会話は昨日と変わりなく交換できていたので、自分が聴覚の変化を感じているほどには傍は感じていないのであろうと思い、またそういう声かけを望むのは、一方的な我儘だと自分に言い聞かせ、期待には蓋をした。

「今日の診察の所要時間は計れないから、帰宅は何時になるか分からない。昼食は自分で買ってくるから心配ご無用」

といって出かけたので、帰路、表参道駅中の店で買ったパスタとサラダを武者食いしながら、

「突発性難聴だってさ。ステロイドは使えないからプロスタグランディンだけ処方されて、一週間後の再診になったよ」

と、美瑛子にあっさり告げて、さっさと書斎に引き取った。

なんとなく気うつになった気を吐きだそうと、後輩のO医師に電話を入れ、病状を開陳した。

「イヤーそれは大変だ。早目に手を打たないとおおごとになりますよ。ステロイドを飲んでください。多少の高血糖は心配ない。ちょっと遅くなるけど今夜持っていきますから待っててください。いいですね」

背後に人気を感じたので振り向くと、お茶を盆にのせた美瑛子が立っていた。受話器から漏れる会話のやりとりを聞いていたらしい。表情は軽く曇っていた。その表情は、自分の顔の鏡映と感じた。

〇医師の電話には切迫感があった。一旦は閉じ籠めた心の一隅にあった不安の塊の存在と、その量の重さを、この時実感する域に達し始めたことを意識した。

「あと三十分で着きます」

〇医師から電話がかかってきたのは午後八時を過ぎていた。

「忙しいのに悪いねー。では待ってます」

と、電話の対応はできている。聴力の低下は昼頃と比べても進んでいない。不安の塊をちょっと片隅に押しやった。

九時近く玄関先に現れた〇医師は、「どうぞおあがりになって……」と美瑛子の声かけに、これからまだ用事があるので

「明日の朝から必ず飲んでください」

と言葉を置き、薬袋を自分に手渡し、礼をいう間もないほどにそそくさと帰っていった。

表にタクシーを待たせてある気配があった。繁忙のさなか、夜中にも関わらず遠方からわざわざ届けてくださる親切さに、感謝の手をあわせて見送った。

「いまから飲めばいいじゃないの」

と朝子が言うのに「でも、指示は明日からでいいと言われているから」と、傍の心配をそらすように言い置いて、日常の時間に任せて床に着いた。

**2016年7月8日（金）**

この日は無音の世界の住人になった最初の、そして、「にわか聾顛末記」の書き出しの日になった。

午前中に聞こえていた自分の足音も、午後にはまったく聞こえなくなってしまった。事態に愕然たる想いが噴出した。

通常、体動音は体全体の振動として内耳に伝わるものと思っていたがそれもなく、立脚初期の足底接地の時に届くであろう響きさえ感じない、まさに雲中漫歩の状態に、不安は一挙に暗澹に姿を変えた。

この歳になって動転する姿は見せられない。自分の意識の底には〝見栄っ張り〟という、時に深刻さをはぐらかしてくれる生き物が住んでいる。有事の時に必ず動き出す。そしてそれが動き出した。その生き物の冷静の息が、動転する姿を、とりあえずは外見上には見えないように吹き飛ばしてくれた。

左の耳は、少年期に患った中耳炎が慢性化して、中耳を囲む骨を砕き始めたので、数年前、中耳の廓清術を受け、廓清した空洞は脂肪組織で埋められているので、音は鼓膜に伝わらない、いわゆる伝導性の難聴で、事実上聴機能は失われている。

いま、右耳の聴力を失えば、まさに、にわか聾者である。

なにしろ美瑛子と朝子が自分に話しかけるのも、お互いに交わしている会話も、まったく音になって脳に入ってこない。

まるで水槽の中にいて、周りの金魚がパクパクと口を動かしているのを見ているような光景が、ありありと眼前にあった。

もはや筆談でしか意思の疎通は図れないと即断し、買い物に駅まで出かけるという朝子に、卓上ホワイトボードを二揃え購入してくるように依頼した。

午後からは完全聾の状態に陥った。相手の意思はボード板に書かれた文字によるしか伝わってこなくなった。

一方、自分が話す音声は、押し込まれたドラム缶の中で声を出した時に経験するであろうような、ボアーンという異様な広がりを持った響きを伴って頭全体に伝搬していく。音声はモノトーンで低く区切りは至って不明瞭だ。そしてその響きが終息して消えていく先が、不思議にも左の耳底であり、右耳はアッケラカーンとしてその作業に加わっていないことに気がついた。

言うなれば右耳は音とは全く関係ないよと言わんばかりの、そっぽを向いている感じだ。

耳鼻科の知識には疎いが、この感覚が右の聴神経機能全廃の兆候と自分に納得させ、自己診断を下した。

[内耳の脳卒中]プリントの記事がにわかに脳裏の一点に浮上したかに見えた途端、見る見るうちに大きくなって脳全体を占領した。神経の虚血性病変では予後は悪い。自己診断が暗澹を諦観に切り変えるきっかけとなった。

自分自身、やや早すぎると思ったが、もう駄目だと諦めは早かった。あのアッケラカーンの感覚は神経機能全廃を意味する兆候と解釈し、一縷の望みも微塵に砕くダイナマイトにも相当するものだったからである。

ボードの行きつ戻りつの夕食とはなった。

ほどなく孫の紗英子が帰宅して家族が揃ったところで、自分は次のように言った。

「運悪く右耳が突発性難聴のため聴覚を失った。もともと右の聴力は正常以下で補聴器の助けを借りていたところへ、この度のダメージは致命的である。不運と言うほかはない。また回復の見込みはないと考えたほうが良い。

障碍者になったという認識を持って欲しい。障碍者には接する態度がある。例えば車いすの人と話をする場合は膝を折って腰を落とし、目線が同じ高さになるような位置をとって話しかけることなどなど。

それじゃいま、私にどうしてくれという具体的な注文は思いつかないが、これからいろいろ面倒をかける仕儀になろうからよろしく頼む」

と。

美瑛子はすかさずボードに書きこんだ。「まだ障碍者とは思っていません」運命の交錯と、いたずらに贖《あがな》い闘う美瑛子の心情を、自分なりに汲み取るほどに、ボードの文字は光って見えた。

癌と癌まがいの病態を含めると、二度の生命危機にも触れる心配を与え、またその上に今後の労を課すことに心底から申し訳なく、詫びる一心で固く手を合わせた。

［我昔所造諸悪業　皆由無始貪瞋癡　従身口意之所一切我今皆懺悔］

床についていつもの通り三唱した。

眠りは幸い無頓着に訪れてくれた。

そしてこの日の朝、蜘蛛の糸の望みをかけ、また一方ではおっかなびっくりの気持ちを抑えきれない矛盾をかかえながら、それでも一気にプレドニン錠30ミリグラムを胃に流し込んだ。

「心友M氏にはメールで状況を知らせた。返信の最後に［無音の世界を語って聞かせてほしい］とあった。何となく肩透かしを食らった感じで幾分白けた。我ながら感情の揺れは微妙だと思った。

## 2016年7月9日（土）

聾者二日目の朝を迎えた。

さて、向後の人生をいかにしたらよいものか考え始めた。道楽の常磐津、新内小唄の稽古は当然みこみなし、すでに師匠の声も、三味線の音も思い出と化すと決めた。

仕事の方と言えば、三十年通い続けている障碍者施設では、障碍者の話が聞けなければ傾聴専一の自分の臨床は成り立たない。八十八歳までは頑張ろうと思っていた意思が、これほど早く、しかも突然くじかれるとは思ってもみなかったことである。が仕方がない。主催する鍼灸師の卒後研修塾も対話が成立しない限りは、たとえ参加したとしても所詮床の間の飾りものだ。そこにいるだけで自分もつらいし、周りの気の使いようも尋常ではなかろう。緊張感で勉強どころではなくなってしまう、だからこれも止す。

とすると「陶芸専一に暮らそうか」と呟いたが、美瑛子は上目づかいの視線を自分に走らせただけで黙っていた。

大相撲名古屋場所が今週から始まっていて、午後は気を紛らわすことができたが、その間に意外なトラブルが起こった。

今時、全館の空調を入れると、キッチンは風の通り道になって居間より温度が低くなる。キッチンでテレビを見ていた美瑛子が少し冷えを感じたのであろうか、居間の壁に取り付けてある空調温度調節器のメモリを動かして退室した。多分温度を上げに来たのだろう。常ならば座っている自分になにがしか声をかけるところだろうが、ボード板を手にしていなければ言葉は通じない。無言であった。

しばらくして、今度は自分が少し暑さを感じたのでメモリを低い方に下げた。

そしてまたしばらくすると美瑛子が黒の薄手のカーディガンを着て現れた。その姿を目にした自分は、自分が下げた温度が寒さを増したのか、風邪でもひかれたら大変と、とっさに立ち上がって調節器の前に行き、室温を高めに設定し直そうと温度調節のノブに指をかけた。途端、同時に美瑛子の指が自分の指と重なった。美瑛子の指は低い方へ、自分の指は高い方へと、贖うベクトルは正反対であった。ノブは瞬時左右に振れた。

「あなたの良い温度にしておいて頂戴」

と、美瑛子。

むろんその声は聞こえなくても、こきざみに震える指先と、怒気を含んだ態度から、そういったのではないかとの想像は容易だった。

「お前が寒いと感じたら悪いから……」

と。

お互いを気遣っての行動であったことは間違いない。が、聾がいらぬ邪魔をした。

美瑛子は時に、意地を張ることがあるから、また始まったと思う心と、自分は「美瑛子のことを思ってのこと」という正当感が加勢して勢い指に力が入る。男手が女手に勝るのは当たり前だ。ノブは高めのところに押し切った。

間なく指を離した美瑛子は、いきなり自分の右の二の腕を思いっきり叩いた。平手で叩かれたので思いのほか痛さを感じた。

「どうかしたのかい」

とっさに出た自分の声は荒声だったと思うし、美瑛子に向けた視線もとげとげしかったと思う。美瑛子の眉間には怒気が見えた。

多分、あなたのことを思えばこそのことじゃない。私はどうでもなるのに、そんな怒鳴られる筋合いはないでしょ、と目の物言いから読み解いた。

傍から見れば極めて些細なことだが、お互いの気分は決して平生ではないところへ「なんでそんなことが分からないの」と、折角相手のことを慮《おもんばか》る、中身は同じであろうことながら、この時期にはお互いに我を通す自分本位に偏り過ぎた思いの塊がぶつかって、火花が散った。消し手はいない。美瑛子は踵をかえして足早にキッチンに退いた。怒りが肩先に燃えていた。

この日の夕餉は無言のままに過ぎた。

風呂から上がり、自分でもそっけないなと思うような語調の「おやすみ」を告げて二階の寝室に上がると、美瑛子がボードを抱えてついてきた。

普段の寝仕度は手伝ってもらったことは一切ない。手足はまともだ。手伝ってもらう必要をさらさら感じていないところへ、美瑛子が自分の昼着をハンガーにかけようとした。それを自分でやるからいいと言って、半ば引っ手繰るようにして美瑛子の手から奪い取ったのがきっかけだった。

二人の思いが鶍《いすか》の嘴《くちばし》に似て、ものの見事に食い違った。

「手伝いなんかいいから、自分の好きなようにさせてくれ」

自分にはそれほどでもないと思っていたが、後で聞いたことだが大声で怒鳴ったという。

自分の最大の欠点である固執癖が、自制はどこのその、午後の火種は消しやらず、まだ赤々と残していたのである。

悪癖の極みと言おうか。この癖はつねづね自分は部分的人格失格者と自覚している根っ子だ。


美瑛子は二・三言葉を返してきたが音にならないし、早口でしゃべっているので口の動きからも意味は読み取れない。忽ち美瑛子の表情に焦りといら立ちが現れた。次の瞬間、眉間にそのすべてが凝縮してくしゃくしゃな泣き顔に変わった。そしてドアを勢いよく閉めながら、また一言何か言い置いて階段を駆け下りていった。

［どうともしろ］多少やけっぱちのままベッドに潜り込んだ。が、やっぱり階下の様子が気になり始めた。


階下に降りてみた。キッチンにも食堂にも、リビングにも書斎にも、トイレにも納戸にも風呂場にもユーティリティーにも、美瑛子の姿はない。

取って返した玄関のマットの上に、つま先を外に向けて脱ぎすてた、美瑛子の黒いサンダル風の部屋履きがポツンとあった。

ドアの錠も開いている。美瑛子が外へ出て闇に消えた。

思わず一回転してどんーとソファーに座り込んだ。

このまま放ってはおくわけにはいかない、探しに行かにゃなるまい、が、さりとて聾では闇は危険だ。はて、どうしたものか思案に呆然たるとき、偶然にも朝子が現れた。

「ババが出て居っちゃったんだ」

聞くなり朝子は視線を自分の顔から外の闇へ移し、一目散に闇の中へ飛び出していった。

この成り行きを後で想像するに、午後からの重たるい沈黙の雰囲気が延引して、夕食卓は無言の行に等しく、自分が退席した後に窒息感に堪え切れず、どちらかとも分からないが、問いつ問われつの間に、話柄が例の空調器の一件に及んでいたのであろう。

両親の間でいさかいが起こらねばよいが、いや起こるかもしれないと、交錯した心の下地がすでに朝子にはあったように思われる。でなければあのとっさの行動には結び付くまいと考えてみた。

そこへ紗英子もアルバイトを終えて帰宅した。ことの顛末を手短に言うと「私も探しに、行く」と言い置いたのであろう空気を残して、同じく闇の中に消えた。

数分経っただろうか。永いような、でも思ったより短い時間だった。美瑛子を交えた三人が玄関を通ってリビングの光の中に戻ってきた。

その時の美瑛子の容姿は朝子に付き添われるでもなく平然であった。自分の想像にはなかった姿なのでオヤッと思った。

首の座に直る自分と美瑛子の真ん中に位置した朝子を介して、自分と美瑛子の間でボードが行き交いした。その時に行きかった文言は思い出せない。ただその時点で双方の妥協はなかった。美瑛子は平然を、自分も緊張を解く溶剤の在処を進んで探し出す気分にはなれなかったのである。

見かねた朝子がボードに［誤解］と書いた。大きな文字であった。いまだにはっきり脳に刻まれている。そして書き終わってかすかに涙ぐんだことも。

自分は一挙に空気の総入れ替えを企て、お願いに打って出た。

［悪いけれども当面は自分の好きにやらせて欲しい。自分の言うことを、何でもああそうですかと一応は肯定して欲しい。年甲斐もなく無理難題を言うつもりはないから、どうぞ協力して欲しい］

と要請した。

六つの視線は自分の上には交わらなかったけれども、黙して受け入れてくれたことと、空気が少し入れ替わったことを感じた。

自分は正直に家長としての考えを語りボードに写した。「この際のアクシデントは神から与えられた試練と考えよう」と。もったいぶった誰でもが言いそうな台詞であるが、でも、本心からの言いようであった。まともにそう思った。またそう思うのは生かされているものとしての倫理であるとも思ったからだ。

「うーん」

紗英子がうなったような感じが取れた。それが合図のようにして座は溶け、それぞれは、それぞれの居場所に引き取った。

再びベッドの人となったが、先年から引きずっていた右の肩の痛みがまた騒ぎだしたので、この時期の不眠は敵。シップを貼ろうと上半身をおこし、ベッドに横座りの格好でサイドテーブルの上にあるシップ薬を取り出し、セロファンをはがし、左手で右肩上に貼ろうとした時、左の肩越しにスーッと手が伸びてきて、貼ろうとしたシップ薬をその手がつまんだ。見上げると美瑛子が、「貼ってあげましょう」と目で語りかけ傍らに立っていた。

やや冷やかさは覗いて見えたが、穏やかな表情だった。

人が動くとき、ひそかな音が風を伴って総身に知れる、あの衣擦れの風情を気配という。無音の世界ではその気配を全く感じない。美瑛子がいつ二階の寝室に上がってきたのか、そしてドアに背を向けた格好で自分がシップを貼ろうとしていることに気づいて、自分の背後にいつ足を運んだのか、気配は全く伝わらない。恐ろしいものだと思った。

［やあ、ありがとう］

といって、素直にシップから手を離し、美瑛子に任せた。無音の世界だが、空気は平生の透明さに戻ったと感じた。半日立ちこめていた不透明な空気を美瑛子が全部吸い込んでくれた。その行動に限りなく感謝した。

平生には意識していない家族の絆が、形として現前し、お互いに確かめ合い、結び合う結び目がぎゅっと締まる緊張感をはっきり自覚した。

この日K先生に、にわか聾になった顛末を速達便で知らせた。自筆なので文面は残っていない。

永い一日だったが、生涯の記念日集にこの日を連ねた。

ここで思いついたことを忘れないように追記しておく。

気配のことだ。気配を感じないということは誠に恐ろしいものだ。この感じは体験した者だけにしか分かるまい。別世界に迷い込んだ感覚だ。端的に言って通常の人間世界と事物の実在は変わらないが、視覚を除いた残る四感の感覚の語頭にすべて無を冠した言辞を用いれば、この別世界のさまを表現できようか。つまり無音・無味・無臭・無触覚の人類が住む世界と言い換えてもよい。不思議な世界であり、くどいようだが、この世に併存してこんな世界があったのかという想いである。

視力障碍者の施設を思い出した。視力障碍者と対面して廊下を歩いていて、彼我の距離が、そう、二十メートル位に近づくと彼はスーッと廊下の片側に寄って我との横の間隔を十分にとってすれ違う、そういう光景を何度も経験した。この現象から推すに、我々が持っている感覚度とは違う特殊な感覚機能の所持者なのではないか。例えば蝙蝠《こうもり》は発する超音波の反射を行動の道標としているように、と考えた。

後日退院帰宅した時の事である。郵便箱を覗くと、早稲田オープンカレッジで教わった宗教学のM先生発信の郵便小包があった。近著『再興日本仏教』であった。
お礼のご挨拶に添えて出した、気配の件を綴ったメールを記録に残す。

【無音の世界の住人になって大きな気づきがありました。ものの気配（特に人の）を全く感じなくなったことです。ここで無音の世界という二文字が一入新しい概念として浮上しました。衣擦れの音が醸し出す色気の娑婆世界とは違い、経典にも出てこない別世界です。そして恐ろしい世界です。周囲には波動がありません。その感覚は、人間には蝙蝠が発する超音波に似たある極微のものを発していて、その波動を捉え、周囲の世界を感知しているのではないかという思いを強めました。その極微の跳ね返りを感知する内耳機能の深淵が崩壊してしまうと、現今の人類とは容姿は一緒でも、別種の人類として、無音という名の別世界に居場所を移さなければならないことをも……。】

２０１６年７月10日（日）

参議院選挙の投票日である。会場が混まないうちに早めに投票を済ませようと、九時半に家を出た。同道する美瑛子に気持ちの上で手を引かれながら。

行き帰りで発した言葉は、選挙管理委員に［おはようございます・ご苦労様］だけである。精神的なショックが平衡感覚にも影響を及ぼしたのか、また家に二日間閉じこもっていたせいもあってか、道中足がもつれて二、三回ふらついた。

街に出たついでにと、コンビニで振り込みを終えた後、自動ドアから道へ出た途端、美瑛子が自分の左側から袖をつかんで押し戻した。振り向くと、美瑛子のすぐ背後に大きなヘッドライトをつけた車のボンネットが迫っていた。聾者として初めての外出とあって、信号機のついた交差点はもとより、四つ角では左右・前方後方をしっかり確かめながらのそれまでの行動が、無言でもコンビニで用が足せるという気の緩みもあったのだろう、その一刻、音のない左右空間確認の慎重は慮外であったのだ。無音の世界の住人が音のある娑婆で暮らすには、行動規範の冒頭に、慎重の文字を光らせなければならないと自分に言い聞かせた。聾者には聾で娑婆世界を渡るコツとかマニュアルがあるんだ、それをこれから習得しなければならないと思うと、寂しさが冷や汗を伴って背筋を走った。

入院中の家族との交信はラインに頼った。私にラインを教えてくれた紗英子の言いぐさは、［そんな歳でラインをやる人は滅多にいないよ］と。恩に着せたか褒めてくれたか茶化されたのか分からないが、その便利さには脱帽し、孫に感謝した。

字幕つきの「大河ドラマ」を見終わって早々に床についた。

2016年7月11日（月）

聾者四日目の朝を迎えた。

暖炉わきの東側に面した天井までとどく細長い窓から差し込む朝の日差しは、キラキラと居間の床に斜めに走る光の帯を作っていた。その帯は琴線となって、初夏を告げるメロディーを奏でているように自分には聞こえた。にわか聾には娑婆世界の音が懐かしく、もう叶わぬこととは知りながら、また無駄な努力とは知りながら、視覚映像から音を探り出そうという徒労な作業を、無意識に行っているようだ。その作業の結末の果てに茫然たる心の顔は、見る見るうちに皺くちゃになり号泣に変わる。だがその声すら無音の世界に消えて聞こえない。

庭の芝生がだいぶ伸びた。つい二週間ばかり前に刈ったばかりなのに、芝にとっては梅雨期の湿り気と、程よい暑さとが成長を早めたのであろう。

朝子が芝刈り役を買って出た。庭木の刈り込みはプロの庭師に頼んでいるが、芝刈りは永年自分の手を労してきた。しかしさすがにこの度は娘の手を借りることにした。

電動芝刈り機に円盤型の刈刃をセットし、機を駆動させて南の方から北に向かって刈る要領を伝えあとは娘に任せた。家庭園芸用の小型機械ではあっても、刈刃を回転させるモーター音は意外に大きく騒音に近い。隣り近所の迷惑になりはしないかと、特に日曜の午前中などは気を使ったものだが、汗とともにあったあの騒音は、今はどこかに消え失せた。

この騒音の場にあって、騒音とは無縁の自分の挙動を目の当たりにした美瑛子と朝子とは、それぞれにどのような感慨を抱いたのだろうか。

自分が想像するに、まだ多少の聴力は残っているのではなかろうかという淡い期待が、騒音を全く意にしていない自分の挙動を目の当たりにして、「本当にあの人は聾になっちゃったんだ」と、微塵に砕かれた思いであったのではなかろうか。

両人が、呆然として、哀惜の想いをこめた眼差しを自分に向けて立ちすくんでいる姿。その場は、無声映画の中で、ストップモーションをかけた一シーンのような、長いながい、数秒の間の光景だった。

「あの時は本当にショックだった」と、何も聞こえていない自分の姿に、後日朝子から、あの時は愕然としたという話を聞く。

**2016年7月12日（火）**

聾者となって五日目である。

昨日とこの日と次の十三日にかけて、ことの顛末を述べた上で、まずは稽古は当分見合わせさせていただく願いの書状を、常磐津の師匠と、新内小唄の家元に送った。次いで十三日開講の早稲田オープンカレッジ夏季講座のM先生の授業は、不参加の旨をエクステーションセンター事務局に届け出た。

M先生の講座は、八回にわたる「誰でもわかる主要仏典」と題する代表的仏典（スッタニパータ、大般涅槃経、般若心経、法華経、観無量寿経、華厳経、大日経、いま仏典を読む意味）の解説であり、大いに興味を惹かれていたので、僭越ながら先生にメールを送り、聴講不可能になり残念至極である胸の内と、できれば講座で使用されるテキストを入手したい願いを添えた。M先生からは折り返し、自分も突発性難聴の罹患経験者で聴力は平人より劣るという、同情を含めた激励の文言に続き、テキスト送付の案内があり、容量が大きいので二回に分けて添付するという返信を受けた。ご親切さに心の中で合掌した。

**2016年7月13日（水）**

無音の世界に居場所を移されてから六日目の朝を迎えた。

明日は耳鼻科外来診察日である。どうなることになるであろうか、期待と不安のうちに、一日は過ぎた。

**2016年7月14日（木）**

診察予約は十時半であったが、十時には外来に着くように早めに家を出た。にわか聾の一人歩きは危ないと美瑛子が言い、自分もそう思うので美瑛子にエスコートを依頼し、無言の道行とはなった。

外来入口にあるK先生受診患者の診察券受けのポケットに診察券を入れ、廊下の待合席に座る間もなく看護師さんが中待合に入るよう手招きの合図があった。必携になったボード板を抱えて中待合に入ると聴覚検査室の前まで誘導され、そこで座って待つように指示された。

聴覚検査士との対話はすべてボードによった。検査が終わり、K先生診察室の扉の前で待機するようにボードで指示され、扉の前で、廊下の椅子で待っている美瑛子が見える位置の椅子に座ると間もなく、自分の外来受付ナンバーが扉の横の電光掲示板に表示された。手招きで美瑛子に診察が始まることを合図し、診察室の扉を開けて、ともにK先生の前に着席した。

先生の表情はいたく硬かった。

先生の視線は、先生の机の上のPC画面に表示されている今日の自分の聴覚検査結果のグラフと、自分を通り越して自分の右横に座っている美瑛子との間を激しく行き来しながら、美瑛子との間で盛んに言葉の交換が行われた。何を話しているのか自分には皆目分からない。

やおら自分に向き直った先生は、黒いボード板を持ち出し、その上にすらすらと書かれた白い大きな字は［即入院・点滴］とあった。

自分は首を大きく右に振って美瑛子と目が合うと彼女は大きく頷いた。向き直って見た先生のまなざしからは、症状の重篤さが読めた。そして先生はボードに［奥さんも承知］

と書かれた。再度視線を美瑛子に移すと、一抹の心配と診察の流れに任せる肯定感とを含んだ表情で、先刻よりも大きく頷いた。

緊急入院が決まった。美瑛子は入院手続きに走り、自分は留置針処置を受け、血液検査、胸部X線写真、心電図と、入院に必要な検査を終えた頃にはすでに昼をまわっていた。以上の段取りは外来のクラークさんと看護師さんの、適切な指図の元に戸惑うことなくスムースに進行した。

A病院には大腸がんの手術、左耳の鼓室廓清術を受けた過去複数回の入院経験を持っていて、環境認知はできているはずだが、毎回初めての入院のようにオリエンテーションに戸惑う。そのことがいいことなのか悪いことなのか、地下のレストランで遅い昼食をとりながら考えていた。

ただ家に帰らずにこのまま病室行きとは予想外のことだったので、注文したエビフライミックスを味わう余裕もなく、まだ、現実認知ができていない自分を、もう一人の自分が哀れっぽく労わりながらも食欲にブレーキをかけた。

美瑛子も今日の意外性の現実に直面して落ち着かないのであろう、食も進まず和風ハンバーグを半分残した。

入院の用意は全くしていない。寝間着・タオル・湯のみ・上履きは三日間のレンタルで対応し、幸い空いていた個室に、やれやれという思いで落ち着いたのは午後二時を過ぎていた。

四時過ぎからソルコーテフ３００mgの点滴が始まった。いわゆるパルス療法と認識したが、自分の持病である隠れ糖尿病にはどんな影響があるだろうかという不安が、ステロイド療法にかける大きな期待と同居した。

ベッド頭上の担当医の札には、W医師の外四名の連記があり、K先生は指導医とあった。医師をはじめ病室を訪れる看護師さん、薬剤師さんとの会話はすべて持参したボードによった。

点滴が終わり仰臥位から起き上がろうとしたとき、仕切りのカーテンを分けてK先生が顔を出された。入院を見とどけに来られたのであろう、いつもの先生の表情であったが、ボードに「大丈夫だが、重症だから簡単には治らない。聴神経腫瘍も否定できないのでＭＲＩを撮る。撮影日は未定、割り込みだから呼ばれたら撮りに行くように」と同意を促すように、ちょっと首を傾げられて示された。自分が承知と頷くとそそくさと帰られた。

ああそうだったんだ、臨床推論では診断仮説を想起する段階で、必ず見逃してはならない複数の疾患を併想することを、発刊予定の推論テキストに強調しているにも関わらず、自分自身のことになるとさっぱり想起能力が働かないとは、いったいどうしたことなのか、しばし自問自答が続いたあと、腫瘍の存在もあるんだと、にわかに新たな不安の雲が湧きだした。

常より期外収縮が頻発しているのを自覚した。

夕食は完食し、そろそろ寝支度にかかろうとしたが留置針のところがちょっと痛み、軽く点状に赤く腫れているのが気になったので、見回りに来たM看護師さんに、留置を続けるかどうかを相談した。

貴方さえ良ければ毎回抜き差ししてもいいですよ、という勧めもあって留置はしないことにし、留置針を抜き去った。痛みも腫れもテープかぶれの所産であった。

個室は強制的な消灯はない。十一時近くなっても眠気は起きない。漱石の『門』をたまたま持参していたので、華麗な文章を追いながら、幸いにして間のいいところで眠りに落ちた。

予想外の環境の変化と、もしかして腫瘍かという不安の気が溢れんばかりの病室も、人知をよそに常の夜の闇が包み込んだ。

## 2016年7月15日（金）

個室は北側に面していて、正面眼下の隣地は、この病院の新築工事でくい打ちの段階にある建築現場である。今はその現場の奥の小高い丘のこちら側に傾斜する斜面に、これまた新築中のGホテルの建築現場が見え、丘の頂には青銅色の銅葺きの屋根も鮮やかなG集蔵館が見通せる。右を見れば道路を隔ててごく間近にZ大使館があり、左を見るとビル群の谷間から上部三分の一ほどの東京タワーの姿が望める。

眼下の建築現場を除けば左右の風景は記憶の画帳に残っていた。左中耳の再廓清術を受けるため入院したのも、この個室だったことを思い出した。

個室の窓にかかるカーテンは遮光には程遠い薄さである。午前四時になるとその日の到来を告げる明るさが目を驚かす。眠ってはいられない。入院中の起床は四時半から五時で、平素眠りには貪欲で目覚まし音でやっと七時頃に目覚める自分としては、異質の日常とはなった。

個室の料金は場所柄高い。有効に使わない手はない。昨夜は入浴しなかったが、今朝は早く起きたので朝食前にシャワーを浴びた。
鶏肉禁（自分で選択できる）の糖尿食で、采は薄味ながら主食の米飯を含め、ミルクもデザートもついていて、腹八分目には十分な量だ。朝食前バイタルは正常、血糖値は94であった。

午前九時半、ソルコーテフ３００mgの点滴開始、点滴中に担当医が来室され、昨日K先生から伝達されたＭＲＩ撮影候補日は十五日、十九日、二十日、二十一日、のいずれかの日にオンコールされるだろう、そして入院は二十二日までと、ボードに書き置かれた。約一時間で点滴を終わるとすぐＭＲＩ撮影に呼び出された。呼び出しの意外の速さに驚いた。が、腫瘍の存否が早くわかる期待をこめて、ボードを抱えＭＲＩ室に急いだ。
経験者は口をそろえて言う。ＭＲＩ撮影時の騒音は堪えがたいものがあると。自分も経験者の一人だが、今日は騒音は聞こえず、振動が頭を揺るがすような、音響とは異質の響きを感じただけだった。ただ頭部のみの撮影としては撮影時間が思ったより長かったのが大変気になった。

昨日の病室はやや肌寒く感じたので病室へ帰る前に地下の売店に寄って長袖の下着とパ

ンツを一枚ずつ購入した。買い物は無言でできる。

午後二時半に美瑛子と美佐子が来室した。高速道路が混んでいて家から一時間半を要したという。昨日頼んでおいたパジャマや下着類とノートPCが届いた。

耳の様子はどうかと聞かれても、返事は首を横に振るしかない。手足は平常通りに働き、内臓にも病変があるわけではないが、高齢になって聴覚障碍者となった夫を背負う美瑛子のか弱い肩が、その重みをひしと感じている様相が、言語的コミュニケーションを失ったいま、はっきりと読み取れた。

美瑛子は昨夜（真実は今朝の出来事と後で分かった）階段を踏み外し、左足のふくらはぎをしこたま打ったと言って、シップを貼った左足のふくらはぎを自分に見せた。ちょっと見ただけでは腫れもなく内出血らしいものも見えなかったので、［気をつけなさいよ］と言ってねぎらった。

数週間前から足のしびれが強くなってきたという美瑛子の訴えに、ちょうどこの日に、近隣でなじみになっている整形外科医のN先生に相談するように入院前に段取りをつけてあったので、昨夜の打ち身も同時に診てくれるであろうという安易さがあった。

帰路の道路事情を案じ早めに帰宅をうながし、エレベーター前まで見送りに廊下に出て気がつくと、美瑛子は日傘を杖代わりにして左足をちょっと引きずりながらびっこを引いて歩いている。しかしそれでも歩ける程度の打ち身でよかったとも判断した。

ＭＲＩ撮影室から病室に戻ったときに、えらく寒く感じたので空調のメモリを見るとＭになっていた。昨日から病室はやや涼しい感じがしていたので、空調はオフにしていたはずが、自分の思い違いか、あるいは留守中に誰かが気を利かしてくれたのか、どちらにしてもともかく、涼しさに対抗して早速長袖の下着を着こんだ。

Ｍ看護師さんにその事情を話すと、「私がつけたのよ」とボードに書いて、それを見ながらお互いに笑いこけた。

夕刻に回診があった。主治医のＷ医師他二名のドクターの随行があった。ＭＲＩ撮影が済んだことを告げ、腫瘍の存否を尋ねたが、Ｗ医師は微笑をたたえながら心配には及ばないという意味であろうか、ネガティブな場合の合図によく使う右手を大きく横に振るジェスチャーを示された。

午後六時夕食前血糖値は１２５であった。

消灯時間に近く、廊下でおばさん方ががやがやおしゃべりでもしているような雑音が聞こえたようなので、廊下を見ても人影はなく、体に問いかけると、その正体は右の耳に新たに発生した耳鳴りと分かった。また、曖気《あいき》の音が右耳にゴンゴンと響く奇妙な現象が現れた。

入院2日目の夜も、『門』が眠りにいざなってくれた。漱石はすごい、独り言を言う。

ノートPCが届いたのでこの日から「にわか聾顛末記」を書き始める。

**2016年7月16日（土）**

五時に目が覚める。

起床の前に右耳を枕につけ、頭を上下に動かしてみると、頭の動きに共調して枕の中身が動く音が、かすかに聞こえたような気がした。

試みに、補聴器をつけてTVの音量を常ではガンガン響く音であろうボリュウム三十まで上げて聞いてみたが、何かがはじけるときのピチピチと言う音ともつかないものを感じるだけであった。

ただ新しい現象があった。足音が体動音らしきものとして感じ始めたのである。しかも右耳の奥へ。昨日までは全くなかった新しい現象である。

そして九時に来室されたM先生の大声の一言ひとことの意味は、はっきりと認知はできないまでも、人の音声として認識できるようになったのである。

この日のメモにこの現象を大きな字で〝朗報〟と記してある。


ソルコーテフ３００mgの点滴が終わった時点で、快活なM看護師さんの大声も、音声としてかすかながら右の耳に届くようになった。ありがたや、と思う反面この状態ではまだ無音の世界から脱出できたとは言えないという自覚は強かった。

というのは、レンタルの寝間着や上履き類を返却した後に、院内歩行用の転倒防止用の上履きが必要なので地下の売店にそれを買いに行ったのだが、レジのおばさんは左手で上履きが入っているビニール袋を差し上げ、右手でその袋を指しながら何かしきりに問いかけてきた。が、さっぱり意味は通じない。実は聾だと告げると筆談で、上履きは袋に入ったままでよいのか、袋を切って中身だけ持って帰るようにした方がよいのかという親切な問いかけであった。音は感知したものの、対人会話は程遠いことを痛感させられたからである。

昼食後入浴した。バスタブにつかり両側の鼠蹊部《そけいぶ》を見ると、大腸がん後の痩せた時に見えた横皺がくっきり現れていた。痩せたなと思った。毎朝の体重測定値も六十kgを下回った。

バイタルチェックに現れたM看護師に、A病院の歴史を聞かせようかと水を向けたところ、ぜひ聞かせてほしいというので、彼女の都合のよい時間に来室を促すと、午後三時過ぎに急ぎ足で現れた。

五分という約束であったので、この病院は戦後初めて近代経営学の理論を導入して経営が行われたいわば実験病院で、診療行為の伝票化や、臨床検査サービス、医療器具類や消耗品の供給、医療事務など従来分散していた業務の集中化（セントラリゼイション）に取り組み、経営の合理化を図って得た成果は、全国の病院経営の規範になったことをかいつまんで説明した。こういうことはいまや語られることも無ければ語る人もいなかろう、M看護師は興味を持って真摯に耳を傾けてくれた。

説明しているうちに、当時我が国の病院経営改革のリーダーであり、A病院事務長であった故I氏の姿が浮かんだ。

自分が病院管理研修所で病院経営学を修学中は数回の講義を受け、その後一年という短い期間であったが、任官して厚生技官として過ごした折には数回お会いした思い出がある。

たまたま自分がN病院に在職中の或る時、管理職研修に氏を招いたことがあった。レクチャーの最後にこんな言葉を残された。［この病院には真坂先生がおられるから安心だ］突然の名指しにびっくりすると同時に、聴衆の視線が一斉に自分に集まった光景が鮮やかに蘇っていた。

午後四時過ぎに日出夫夫婦が、嫁の実家からことづかった見舞い金を持って顔を見せた。まずボードに書かれた言葉は［ババは左足のアキレス腱の部分断裂。N先生の診断。連休になるので十九日に確定診断を受け場合によっては手術］であった。

えーっ、まさか、一瞬間目を疑った。通念としてアキレス腱を断裂すれば通常歩行は困難である、が、昨日は軽くびっこを引きながらも歩けて病院へ来たではないか。自分が足を見た時も、見る範囲では内出血もなかった、それがどうしてと思ってはみたが、N先生の診たてとあれば間違いない現実だと納得した。幸い痛みは訴えていないという。

日出夫には、美瑛子の寝室を階下の居間に移し屋内移動もできるだけ制限するように手配を言いつけて、早々に我が家に向かわせることにした。

日出夫夫婦が帰ったあと、災難の重なる因について茫漠たる想いで考えていた。意識の範囲での答えはただ一つ。自分の突発的なアクシデントが美瑛子の平常の心を騒がせ、落ち着きを奪い、身体から遊離したため位置感覚が鈍り、階段を踏みはずす羽目になったと。すべての因は自分にある、深くふかく心から詫びた。

人生街道にはまさかという坂があると言う。その度にこれがまさかかと思ってきたが、街道が延びれば延びるほどまさかの数も増えようものと、またこの度のまさかは勾配がきついものと覚悟を決めた。

夕食前血糖値１３５、やや高いのが気になった。

就眠前の読誦が一つ増えた。「念《ねん》彼《ぴ》観音力《かんのんりき》　美瑛子の負傷がどうぞ軽症であり早く治癒しますように」。

**２０１６年7月17日（日）**

早朝三時半に目が覚める。以後半睡状態が続き六時半に床を離れる。窓外を見ると梅雨らしい小雨が降っていた。

起床してなんとなく感じたことは、昨日より聴力が回復しているような気がしたことだ。それは朝トイレに行くときの足音と、排尿で尿が便器の水たまりに落ちて起こる音がなんとなく聞こえる感じがしたことによる。だが楽観は禁物と自制する。

朝食前血糖値81、見事に正常域に戻っている、膵も頑張ってくれている。

朝のバイタルチェックに来室した看護師さんが大声で話しかけてくれた。その音声は水中で聞くボアンーとした響きではあるが、人の音声として認識できるようになった。万歳、思わず心の中で三唱した。無音の世界から抜け出すことができる、細いけれども一条の光る道が見えた気がした。

午前十時近くソルコーテフ300mgの点滴が始まった。この日でソルコーテフは1200mg入ったことになる。MRIの結果はどうであったろうか。もし腫瘍と分かればソルコーテフの点滴はないはずだが、点滴続行とは腫瘍は除外と考えて良いのだろうか。またしても希望的観測が顔をだす。点滴中にM医師が来室し、「入院は22日まで。MRIの結果は腫瘍はなさそう」と、ボードに書きおかれた。希望的観測が多少勢いづいた。

午後一時二十四分震度3の地震があった。七階の病室は結構揺れを感じた。震源地は茨城県南部、深さ40㎞、マグニチュード5という報道があった。

この日から回廊式になっている病棟の廊下を目標として二十回、下腿三頭筋の屈伸を三十回、スクワットを二十回、できればスキップをくわえるエクササイズを自分に課した。

午後五時、美佐子来室。在り金が心細いので次回来院時に二万円ほど持参してくれるように頼む。

夕食前血糖値は165であった。おやつに、教え子が中元で送ってくれた三ヶ日蜜柑ゼリーを食べたせいかと考え、明日からはおやつを控えることにした。

この日の準夜勤務はたまたまM看護師であった。見回りに来たM看護師に人の音声がごくわずかであるが聞こえるようになったと告げると、破顔一笑と拍手で応えてくれた。嬉しかった。この状態が明日も続きますように、一心に祈りながら眠りについた。

日曜に見る窓外の景色はまるでゴーストタウンの様相である。

ウィークデイは午前七時を過ぎると歩道は通勤者の列ができ、車道は工事現場に急ぐダンプカーや公用車やタクシーが目まぐるしく行き交い、九時を過ぎると大型クレーンが動き出す。都会の息遣いが迫りくる風景だ。この風景から人と車を吹き消し時計の針を止めた瞬間の連続が日曜の風景だ。この日は終日続いた小雨が建物の影を薄め、一層の静止画像を作りだしていた。右手にはZ大使館の国旗掲揚柱にニースで起きたトラック暴走テロ事件の、犠牲者を悼む半旗が雨に濡れて佇んでいた。この病院の、この時期の、この部屋からしか見られない風景を記憶にとどめる。

2016年7月18日（月）

連日午前四時半には目が覚める。病室が自然の光を素直に映し出しているせいで、光に応じた人間の動物的本性の発露か、またはステロイドの影響で体内時計が狂ったせいなのか、それとも精神的に緊張状態とは思えないのだが、さりとて平生とは違う意識下の変調が起こっているせいなのか、見当はつかない。ともあれ平生より三・四時間一日を長く使えると感慨を切り替える。

空腹時血糖値は77であった。見事とつぶやく。

試しに昨日のようなＴＶの最大音量に近く試聴を試みたが、ピチピチした音とは言えない響きのみが感受され、音感とは程遠いものであった。

朝食後Ｍ先生来室。聞こえ方は確かに改善しつつあることを確言された。客観的観察所見として大いに勇気づけられる。

この日からソルコーテフ点滴は１００mgに減量された。血糖値測定は打ち切りという医師の指示をＴ看護師が伝えてきたが、明朝まで継続してほしいという希望を言うと、素直に応諾してくれた。

この日、ホノルル航空便に離陸後油漏れが見つかり羽田に引き返したという情報がＴＶ（字幕）で報じられた。五月二十七日、孫の結婚式に出席するため羽田からホノルルに向かった同じ航空会社の昼の便である。危ない、危ない、とわけの分からないことを口走って、自分でもおかしくなって苦笑いをした。幸い乗客・乗務員は全員無事であったと。

午後二時過ぎ日出夫が来室。都心で働く者にとってこの病院は、仕事の合間を計って見舞いに訪れやすい恰好の場所にある。先日美佐子に依頼しておいた小遣い銭を届けに来てくれた。

良い機会と捉えて墓所の話を持ち出した。

昨年来考えていたことだが、先祖伝来の菩提寺に眠ることはどうしても気が向かない。美瑛子も同じ想いがある。尊崇の念がわかないことがその理由である。寺とは娑婆とは異境の存在であり、仕える僧侶は尊厳を備えておらねばならぬ。異境の型と僧侶のふるまいから、娑婆人は尊崇と尊厳を感じとる。菩提寺にはその型と人が全くないことである。

という話を皮切りに自分の墓所は、市ヶ谷の某寺に決めたことを告げる。

早稲田オープンカレッジに通い始めたのが起縁で、市ヶ谷の某寺のご住職の知遇を得、参禅するうちに、伝来の菩提寺に対する自分の想いを率直に打ち明けたところ、「それじゃーうちに来たらいいじゃない」とご住職の言葉をいただいていることを物語った。

日出夫にしてみれば耳新しい物語であったので、どこまで理解し得たかは不明であるが、以後この話が繰り返されるときは、記憶のどこかに残してくれているであろうという期待にかけた。いずれにしろこの秋には墓所の件についてははっきり意志を固めたいという言葉を添えた。

日出夫から美瑛子の寝所はとりあえず居間に移したことを聞いた。内心では自分の書斎を二階に移し、そのあとを美瑛子が寝室に使えばよいと考えていた。
明十九日に美瑛子はR大学付属病院に入院する予定。

夕食前血糖値160。昨日と同レベルであった。
入院五日目の日が暮れた。

**2016年7月19日（火）**

個室にはホテルのようにドアに鍵がかけられる。鍵がついている細長い硬質のプラスティックの棒で、試しに床頭台を叩いてみた。

［コツコツ］確かに聞こえるではないか。聞こえたときは結構力を入れて叩いていた。弱くたたくと聞こえない。まだダメだと思う反面、どんな音でもいいから音が聞こえるようになったと心の中で歓声を上げた。

無音の世界から有音の娑婆に戻れたのだ。感無量であった。ソルコーテフ1300mgが入った時点の出来事であった。

排便のことに触れておこう。見回りの看護師さんから、排便回数と便の性情は決まって聞かれる体調項目の一つである。考えるとベッドが変わっても持病の腰痛は悪化しないし、さらに詳しく考えると、皮膚感覚が全体的に何となく鈍っているようにも感ずる。排便は入院以来便秘がちであり、日に数回便器に座ってウオッシュレットで肛門を刺激しても、便意を催す程度が鈍く排便に至らない。放屁もぐっと少ない。これらの体調と、不思議な皮膚感覚に頭をかしげた。まさかステロイドの影響ではあるまいかと。そうであれば貴重な体験であるとも。

午前に外来に呼ばれ聴力検査があった。［20デシベルよくなっている、あと20デシベルの改善が目標］。K先生の顔には、してやったりという満足の表情があった。伝声管を伝わってくる先生の声もはっきり聴きとれた。思わず先生の手を握りしめ［ありがとうございました］と三連呼した。顔見知りになったクラークさんの笑顔もこの光景の中にあった。この週の木曜日、再検査を約し飛び跳ねるように外来を後にした。

ラインで美瑛子が入院した知らせを朝子から受ける。後日知ったことだが、手術前提の入院ということで、術前検査をすべて受け個室に落ち着いたのは夕刻であった由、今日一日美瑛子はさぞ疲れたろうと想いを馳せた。

美佐子が来室してくれたので、周囲から美瑛子に刺激を与え続けることを念を入れて懇請した。

夕食前にW先生の回診があった。

自分は、この病院の耳鼻科の初代部長のT君と同期であると自己紹介すると、W先生はじめ随行の先生方は目をぱちぱちさせながらびっくりされ、自分の外見上の姿と、実年齢とのギャップの処理に瞬間戸惑っている様子が見て取れた。そのことが話題になったのであろう雰囲気を残しながら、次の病室に移動されて行った。

この日十二時五十七分、先日に引き続いて震度3の地震があった。

男性看護師が飛び込んできて［大丈夫ですか］と大声で言う。意味は取れた。確かに聴力は回復しつつあるのだ。大きく頷くと［何しろこの病院は古いもんですから］と恐ろしい言葉を残して退いた。

就眠前に風呂につかり、次第に治療の効果が現前することに改めて感謝し、明日に更なる改善が訪れてくれるよう祈った。

２０１６年7月20日（水）

夜中体のざわつきがあって熟睡が妨げられた。早々に起床する。

カーテンを開けると外は小雨に濡れていた。

7時25分また地震があった。この数日地震は頻発する。男性看護師が昨日残したあの物騒な言葉がさっと頭をよぎる。

ソルコーテフは本日の点滴で１５００mg入ったことになる。何となく恐ろしい感じはぬぐいきれないが、聴力はたしかに回復しているのだから恐怖は二の次に置いておく。特に頼んでおいた血糖値測定はこの日の朝は85であった。見事とつぶやいて上腹部をそっと撫でる。恐怖は三の次に退けてもよさそうである。

思いもかけず紗英子が午後二時半に現れた。大声での会話が何とか成立する様子を実見して大いに喜んでくれた。就職が内定した会社からの帰り道という。早速ラインに写真を添付する方法を教わり今頃は美瑛子の見舞いに行っているであろう朝子に送信する。美瑛子はそれを見て心が休まることを大いに期待しながら。

ノートPCで日記を書いているという話の続きにパワーポイントが話柄になり、それではごろうじろと、たまたまノートPCに記録されていた五月の塾セミナーで使ったパワーポイントを開いて見せた。紗英子は作品の高度な出来栄えに驚きと興味とが重なって、自分の制作力を高く評価し、社会人になったら是非教えて欲しいと希望を述べた。

家庭では持ちえない祖父と孫との二人きりの貴重な対話の時間であった。〝天恵の時間〟とこの日のメモに記載した。

消灯前M医師来室。回復のレベルは後退しないかという自分の質問に、経過中の波はあるだろうが後退はまずありえない、二・三か月で安定するだろうから、その時に補聴器の調整をした方がよいとの見解を述べられた。以上は筆談でなく大声での対話である。

それだけ聴力が戻ったという実感を、医師と看護師との対話で確かめながら、日を送る入院生活となった。

**2016年7月21日（木）**

今朝の窓外も雨だった。

昨夜より多少よく眠れたかなと思うが起床は五時であった。五時前にも一度排尿で床を離れている。早速TVをつけてみる。TVから2メートル離れた場所で、音量30でアナウンサーのしゃべっている内容の50%が判聴できるようになった。またしても万歳を心の中で三唱する。一方、漱石の『門』も完読、漱石のすごさに圧倒される毎晩であった。

キッスをしている、羽先と嘴がくっついている、二羽の羽先がくっついている、そんな形の、手のひらサイズの折鶴を看護の礼に残そうと時間を見て折り始める。自分に余裕が出てきたことを、折る指先で感じ取っていた。

午前中外来に呼ばれ聴力検査を受ける。結果は前回（十九日）より5デシベル改善していた。先生が目標とされていたあと20デシベルには及ばないものの、わずかながらでも聞こえやすくなることは福音といって言い過ぎではない。

一旦無音の世界に住所を移した人間にしかこの感慨はわかるまいと思った。回復したレベルは落ちることはない、酒はたしなむ程度ならむしろ良いだろう、というK先生のお墨付きを拝戴し、次回診察は八月二日の再来を約し、先生に礼を述べ握手を求めて外来を後にした。

病棟階でエレベーターを降りると、ホールに翔太の姿があった。この病院は都心周辺の通勤者にとっては立ち寄りやすい距離圏内にある。二人の孫が連日に見舞いに来てくれて本心嬉しい気分に満たされた。

翔太は多少聞こえるようになった自分の姿を見て「よかった、よかった」を連発し、心底からホッとした表情を輝かせた。

間もなく日出夫が明日退院する荷物をまとめるためのバッグを持参して来室した。自分、日出夫、翔太三者の会話には筆記板を必要とする部分は三割程度で足り、あとの七割は大声で成立した。

三者ともに改めてホッと息をついた。そして日出夫、翔太ともに午後の職場戦場に急ぎ赴いて行った。

この日翔太から思わぬ情報の提供があった。美瑛子に関することである。

自分の聾状態を案じてその日は翔太は実家（我が家の二階）に戻っていた。情報とはこういうことである。

自分が緊急入院となった前夜、つまり七月十三日の夜は早々に床について、すでに自分は夢の中にいた時間帯（午後十一時過ぎ）の出来事であったようだ。

階段をやや乱れた足音で昇ってくる気配を二階で翔太が感じ取り、階下を見ると階段の途中で佇んでいる美瑛子がいた。階下の居間に連れ戻すと、居間の半ばで立ったままの半睡状態になった。これは大変と思い、われわれの寝室につながる裏の階段を介助して上り、美瑛子のベッドへ誘導しお休みを言って引き取った。が、暫時してまたも階段に先刻と同様な気配を感じたので階下を覗くと、美瑛子の姿があり、階下へ連れ戻すとしきりにビールが飲みたいと言った。翔太は二、三口付きあったあと、先刻と同じように美瑛子のベッドに誘導して寝かせた。言うならばこの間の様子は夢遊状態であり、常の美瑛子とは思えない祖母の姿であったと語った。

聞いた自分は大げさに言うと息をのんだ。自分のにわか聾でパニックになった状態のためか、それとも入眠剤の飲みすぎか、思い当たることはこの二つしかない。いずれにしろその状態の延長が十五日の朝、二階の寝室から階下へ降りる途中で階段を踏み外し、アキレス腱断裂を負ったというアクシデントに連動したのではないかと、激しく心が痛んだ。

後日この夜のことを美瑛子に聞いてみたが［覚えていない］と怪訝な表情で答えた。半夢中の出来事であったようだ。

この日の夜はしきりと美瑛子のことが気になった。

2016年7月22日（金）

退院の日である。

興奮しているのかどうか自覚はないが、午前一時、三時、四時半に覚醒、そのまま漱石に親しんで六時には起床し退院準備に取り掛かる。

退院日まで、わがままを聞いて測定してくれた空腹時血糖値は、この日も正常域の91であった。

残念だが聴力はアップしていないようだ。試しに現有の補聴器をつけてTVを鑑聴してみたが、むしろ外耳道を塞がれている感じがして、かえって逆効果であった。

最後のソルコーテフ点滴も早めに済み、看護師から持ち帰り薬剤の服用方法等の説明を受けた後、午前十一時に病室に別れを告げた。折鶴は男性看護師が持ち去った。

今日は美瑛子の手術が行われる日である。朝子は美瑛子に付き添って病院に貼り付けになっているから、昼食の用意はないはずなので。昼食は病院のレストランで済ませ、手術の成功を只管祈りながら家路を急いだ。タクシー運転手との会話は成立しなかった。

この聴力ではやっぱり娑婆世界では通用しないのかと落胆を抑えながら、十二時十五分、八日ぶりに無人の我が家に凱旋した。

朝子からラインが入った。

美瑛子の手術は成功、全身麻酔で行ったので今はＩＣＵにいるとのこと、まずは安堵の胸を撫で下ろす。続いて麻酔から覚醒しカメラに向かって手を振っている美瑛子の画像が送られてきた。重なるアクシデントの沼から、自分の退院も併せて両足を引き抜き脱出することができたと、心の重みがどっと軽くなるのが実感できた。

良寛の「災難に逢う時節には、災難に逢うがよく候」その後に続く「死ぬる時節には死ぬるがよく候」の言葉の後段には及ばず、ともに平生に意志を交わせる時節であることに、無限の幸せと感謝した。

朝子の帰宅は夕食には間に合うまいと、大相撲の本日打ち出しの取り組みを見終わってから、夕餉を買いに駅まで出向いた。いまの聴覚のレベルでどこまで買い物に通用するか不安であったが、駅ビル一階の惣菜を売る店の前に立った。

時分柄混雑していて、店員の対応をしばらく待った。間もなく現れた店員に先客がいることを目で知らせると、店員は素直に応じて先客の注文を取り、続けて私に目を向けた。数種のおかずが組み合わさって入っている折りと、小盛りご飯を注文した。と、主婦と思われる先客が自分に向かって［ここでご飯も買えるんですか］と尋ねてきた。決して大きな声とは思えないのだがその声が聞こえたのだ。

［ええ、大と中と小があるんですよ］

注文の品を揃えるために奥に引っ込んだ店員に代わって説明した。

ああそうですかという意を含めて主婦は頷いた。調子に乗って［この店はちょっとお高いように思うのですが……］と続けると、［おっしゃる通りです］と含み笑いをたたえて応じてくれた。会話が成立したのだ。嬉しかった。そして自信がついた。

我が家が面する道の信号機がある交差点を渡ったところで、十数メートル先にある我が家の前でタクシーが止まるのが見えた。中から朝子が降りてきて自分に向かって大きく手を振った。自分が入院した時には朝子は仕事で山形に出張していて留守であったたし、帰宅してからは美瑛子の対応に挺身していたので、思うに、約二週間ほど朝子とは顔を合わせていないことになる。

夕餉は自分が買ってきたおかずを少々裾分けして、美瑛子の手術成功と、至近距離での会話が成立するまで自分の聴力が回復したことを喜びあう談笑の合間に、惣菜屋の前で見知らぬ主婦との会話ができた話も交え、美瑛子は不在ではあるものの、久しぶりに平和な我が家の食卓のぬくもりを味わった。

懺悔三唱と念彼観音力の読誦に加え、自分が退院できたことと美瑛子の手術の成功を感謝し、しばし合掌して眠りについた。

**2016年7月23日（土）**

睡眠状態は入院中の悪癖を引き継ぎ、午前六時まで中途覚醒三回、でも眠気が残らない朝が来た。

美瑛子の顔を見るのは八日ぶりである。この間、別々の病院に入院し、互いに見舞うこともできない事態が起こるとは誰が想定できたであろうか。一週間余という、平生では時計の針の進む速度に沿って過ぎていく、続きもののＴＶ番組がもう来たかとつぶやくほど短い時間が、とてつもなく永い時節に感じられた。

昼過ぎ日出夫の迎えの車に乗ってＲ大学付属病院へ向かった。

個室病棟階では、廊下の入り口でインターホンを通じて来院目的を告げなければ入り口のドアは開かない。自分一人で見舞いに訪れた場合に、いまの聴力でインターホンの対応がうまくいくだろうかと不安になる。個室のドアを開けると二重に仕切ったカーテンの隙間から美瑛子の顔が見えた。

明るく元気な顔だった。開口一番、何をしゃべったのか覚えていない。

ただお互いに無事であることを目線で確かめあい、手を重ねあって固い握手を交わした。ハグしたいところであったが、子供や孫が同席では気が引けた。

自分はにわか聾状態を脱し、耳元で大きめの声なら判聴できる程度に聴力が回復したこと、美瑛子は手術が成功し、術後の痛みもさして感じないことなどなど、此所彼所に話題が飛びながらも、ここに共時的に居られる幸せと安堵感を、お互いの笑顔で確かめ合った。

またお互いの心の中で、生ある限りお互いはかけがえのない存在であることをも確かめ合った。

そして重なるアクシデントに敢然として立ち向かうキイマンとしての朝子の動きと働きぶりについて、満腔の感謝をこめて語り合った。

子は生涯の宝物であることも。

美瑛子の災難の機縁は、自分のにわか聾にあることを心から詫びた。そしてこの度のアクシデントは、自分の人生観と自分の人となりを再考せよとの啓示と受け止めていることを告げた。

娑婆世界に、暗黒の世界、無音の世界、無味の世界、無臭の世界、無感覚の世界、それらが単独にまたは重なりあい、加えて無意識の世界が現存していることを、にわか聾の十日間で確知した。

ノーマライゼイションが現実体験としてはっきり認識づけられた。

## 日記後記

２０１６年７月29日（金）

日出夫夫婦、朝子・紗英子、翔太夫婦、家族総出で美瑛子の寝室を一階の食堂に移す作業を行った。階段の踏み台の半分を占拠していた非常用の水の梱包と、食堂の椅子・酒類を二階のわれわれ夫婦の寝室に移し、かわって美瑛子のベッドと洋服箪笥を階下の食堂におろし、新たに衣類かけ、ダイソンの空調機を備えて、美瑛子の寝室を設え退院に備えた。

汗を流した後、一同で昼食はピザを囲んだ。美瑛子の不在は寂しいものであったが、[家族団欒もこの度のアクシデントがあったればこそ］と、災難を福事に変える均等の想いが家族の心を束ねた。

２０１６年８月13日（土）

［おかえり　祝退院］のプレートを新しい寝室に掲げ、二十六日ぶりの美瑛子の凱旋を迎えた。ほぼ一か月振りで家族が揃った。

自分の聴力は、自覚的には退院当時と変わらない。つまり聴機能はすでに固定（プラトー）に達したと考えるべきだと思う。

毎晩［もう少し聴力を上げてくださいますように］と神仏に願う傍らで、自分にとっては珠玉に等しい聴覚の滴を与えてくれた感謝の意と並行して、有無の間の中間世界をいかに生かされるべきかを自問しながら眠りにつく。

日記を続けるのはいささか疲れた。マウスから離した指先を見ると意外に爪が伸びている。つい四・五日前に切ったばかりなのに……。

［苦爪楽髪《くづめらくがみ》］奇妙な俗諺が脳をかすめる。爪を切る音が、それでもかすかに耳に届く。そのかすかな音や気配を、その都度、現存の聴覚の度合いを測る尺度として確かめる日々が、余生の限り続くであろうことを予測しながら、にわか聾顛末記（日記）の筆は一旦置くことにする。

**追記**

この日記の二年後、つまり二〇一八年。

再び右耳が突発性難聴に襲われた。

即刻受診したK先生から、有無を言わさずA病院へ直行するように指示を受け、受診後そのまま直ちに入院。再びステロイド療法を受けるが、奏功は僅少。結果、聴覚障害による六級の障碍者手帳保持者になる。

その昔、稀代の名占い師H氏、曰く、

「貴方は、同じような人生経験を二度繰り返す相がある」

「二度あることは三度ある」という俗諺がある。

自分は、俗諺とH氏の占言を、信じたくも、一方、信じたくもない。

二〇二〇年十一月二十三日追記す
二〇二三年五月

完

著者紹介

丹澤章八（たんざわしょうはち）

医師、医学博士


略歴

1929年　東京に生まれる

1951年　官立松本医学専門学校（現・信州大学医学部）卒業

1957年　京都府立医科大学にて医学博士を取得。産婦人科医として臨床にあたる

1959年　厚生技官１年を経て以後13年間実業家（製薬業界）に転身

1972年　医師復帰。神奈川県総合リハビリテーション・センター七沢病院勤務、リハビリテーション部長、東洋医学科部長

1976年　日本医師団として上海中医学院（現・上海中医薬大学）留学。現代中国鍼灸医学・医療の研修を受ける

1987年　東海大学医学部非常勤教授

1991年　明治鍼灸大学（現・明治国際医療大学）大学院教授

2002年　同学名誉教授

その間、厚生省審議委員、あんまマッサージ指圧師・はり師・きゅう師国家試験委員長、（社）全日本鍼灸学会会長などを歴任

2003年～2009年　東洋鍼灸専門学校校長

2016年　全日本鍼灸学会 名誉会員

2017年～2023年　㈱フレアス　学術顧問

【編・著書】

『高齢者ケアのための鍼灸医療 ―― 鍼灸の新しい概念を求めて』(医道の日本社1995)

『鍼灸最前線：科学化の現在と臨床の展開』（医道の日本社1997）

『鍼灸臨床における医療面接』（医道の日本社2002）

『臨床推論 ―― 臨床脳を創ろう』（錦房2019）

『改訂版 鍼灸臨床における医療面接』（医道の日本社2019）

# 知《し》らぬが佛《ほとけ》と知《し》ってる佛《ほとけ》

2023年10月18日　第1刷発行

著　者　　丹澤章八
発行人　　久保田貴幸

発行元　　株式会社 幻冬舎メディアコンサルティング
〒151-0051　東京都渋谷区千駄ヶ谷4-9-7
電話　03-5411-6440（編集）

発売元　　株式会社 幻冬舎
〒151-0051　東京都渋谷区千駄ヶ谷4-9-7
電話　03-5411-6222（営業）

印刷・製本　中央精版印刷株式会社
装　丁　　野口 萌

検印廃止

ISBN 978-4-344-94642-2 C0095
幻冬舎メディアコンサルティングＨＰ
https://www.gentosha-mc.com/